「おらはセニノマっちゅうもんです。
キュクロプス族で、未熟だけんども
個人工房の職人をしてますだ」
〔キュクロプス〕
セニノマ
鍛冶や建築などに
秀でた魔族。
石窯を作るため
ユーフェミアに呼び出される。
白魔女さんとの
辺境ぐらし 2
～最強の魔女は
のんびり暮らしたい～

〔元冒険者〕
トーリ
白金《プラチナ》級のクラン『泥濘の四本角』を解雇されるが、「白の魔女」に拾われて彼女の家で働くことに。
〔白の魔女〕
ユーフェミア
アズラク最強の冒険者。家では自堕落で甘えん坊な少女。

〔フェンリル〕
シノヅキ
ユーフェミアの使い魔。
本当の姿は、巨大な銀毛の狼。
〔フェニックス〕
スバル
ユーフェミアの使い魔。
本当の姿は、
火を司る魔界の怪鳥。
〔アークリッチ〕
シシリア
ユーフェミアの使い魔。
死霊魔術《ネクロマンシー》など多様な魔法を
使いこなす魔界の賢者。

「飛竜が落ち着いたら動くよ。
今回の仕事を終わらして、
アズラクで情報収集だ。
フェニックスを使役している奴を探す」
『破邪の光竜団』団長
ロビン
飛竜を自在に操る竜騎士。
新天地アズラクでも
天辺を取ろうと意気込む。

白魔女さんとの辺境ぐらし
2
～最強の魔女はのんびり暮らしたい～
-MOJIKAKIYA-
門司柿家
ill. syow

口絵・本文イラスト
syow

装丁
おおの蛍（ムシカゴグラフィクス）

CONTENTS

1. 秋の終わり、冬の訪れ　005
2. 短い留守番　022
3. 間の抜けたデート　034
4. 転移装置　049
5. 製薬依頼　063
6. 納品に行く　079
7. 孫娘……？　106
8. セニノマ　124
9. 町にて　143
10. 理由　168
11. 魔界と地上と　186
12. 冒険者トーリ　204
13. 腹が減っては何とやら　218
14. 既成事実　239
EX. 白魔女クッキング　255
あとがき　292

1. 秋の終わり、冬の訪れ

夏は盛りを過ぎて秋はたちまち去り、既に冬の入り口に差し掛かっていた。風は既に冷たく、肌を晒《さら》せば容赦なくひやりと撫《な》でて行く。木々の葉は舞い落ちて枝ばかりになり、見上げる空はのっぺりとして、しかし不思議と高く見える。朝方は吐く息も白く漂う。

かける布団の数も増して、朝起きるのが少し面倒になって来る季節だが、トーリは同じ様に朝早く目を覚まし、朝早く目を覚まし、暖炉の火を起こし、畑を見回り、鶏たちに餌をやったり水を取り替えたりして、それから朝食の支度をする。もはやそれらは日課になっていて、自然に目が覚めて起き出すといった風だ。

〝白の魔女〟ユーフェミアとその使い魔たちは中々起きて来ないが、トーリは起こそうとしない。起きて来るまで待っている。

快適な温度に保たれた寝室の中では、広々としたベッドに四人が詰まって寝ているのだが、ユーフェミアは服を着ていると眠れないとのたまい、シノヅキはフェンリル、スバルはフェニックスで、裸が普通だから、特に寝る時は服を着たくないらしく素っ裸だ。アークリッチのシシリアは肌着こそ着ているが、薄く透ける様な代物で、彼女の肉感的な体がそれをまとうと裸よりも扇情的で危ない。だからトーリは決して朝の寝室には入らない。

それで四人がいつ起きて来るかというと、トーリが朝食の支度をして、いいにおいが家じゅうに漂い出してからである。その頃になると、寝ぼけ眼をこすりながら銘々に起き出して来て、食卓についたりソファに座ったりして、朝食ができるのを待つ。

その日は魚の干物と野菜で作ったシチューに、昨晩から生地を練っておいた焼き立てのパン、焼いた腸詰と大きなオムレツが食卓に並んだ。

「おいユーフェ、もう一枚なんか羽織れ」

「うゆ……」

「なんじゃい、肉が少ないではないか。つまらんのう」

「じゃあシノさん食わないのね？」

「食うに決まっとるじゃろ！」

「おにーちゃん、ボク、オムレツもっと欲しぃ！」

「……スバル、お前卵食うのに抵抗ねえの？」

「え？　ないよ？」

「トーリちゃん、シチューおかわりぃ。あとお塩ちょうだぁい」

「へいへい……シシリアさん、人参残すんじゃないよ」

「やぁん、もう」

「トーリ、パンもういっこ。バターいっぱい塗って」

「あいよ。ジャム要るひとー」

「はーい」

朝食を終える頃にはもうすっかり明るくなる。また一日が始まる。

トーリは暖炉に薪を放り込み、熾きになっていた火を起こした。冬は暖房としての利用が増えるせいで薪の消費量も増える。とはいえ、ユーフェミアの魔法で家の中は基本的には快適な温度に保たれている。しかし暖炉に火が入っていないと、特に夜間などは底冷えがする様な心持になるから、居間の暖炉は基本的に火が絶えない。

朝食の片付けを終え、簡単に床掃除をし、脱ぎ捨てられた服を集めて洗い、と家事を一段落させたトーリは、頭にタオルを巻き直して、風呂場《ふろば》で洗った洗濯物を抱えて外に出た。

庭先で鶏たちが地面をつついている。草の種や虫などをついばみ、足で地面を引《ひ》っ掻《か》いて何かを掘り出そうとしているらしい。手の平に乗るくらいだったヒヨコだったのも今は昔、鶏もアヒルもすっかり大きくなって、ぴぃぴぃ声から大人のがらがら声に変わっていた。

畑も夏野菜の姿は消え、まかれた冬野菜の芽や苗が育っていた。根菜類が葉を伸ばし、結球する葉物が、まだ巻こうとせずに広々と葉を広げている。間引きした人参や蕪の小さいものはスープやシチューに使える。葉の部分は鶏やアヒルたちの餌だ。トーリの仕事はなくならない。

『これでええんか』

とフェンリル姿のシノヅキが言った。庭先に前足で大きな穴を掘っていたのである。

トーリは穴の深さと広さを見て頷《うなず》いた。

「よさそうだな。ありがと、シノさん」

『ふははは、フェンリル族一の戦士じゃぞ、わしは。昼飯には肉を増やすのじゃぞ』

「へいへい」

フェンリルというか、もはや飼い犬の様な感じがするな、とトーリは思った。

庭先の柵《さく》に腰かけていたユーフェミアが、ぽんと地面に降り立った。

「穴、空ける?」

「おう、頼む」

ユーフェミアは杖《つえ》を振り上げて、シノヅキの掘った穴の真ん中辺りに突き立てた。そうして二言三言何か唱える。すると杖が光って、取り巻く様に不思議な紋様が切れ切れに浮かび上がったと思うや、地面がずしんと揺れた。少しして、杖の突き立った辺りからごぼごぼと音を立てて水が湧き出して来た。

「おー、マジで出た。すげえな」

「えっへん」

ユーフェミアはドヤ顔である。

〝白の魔女〟ユーフェミアの家に雇われて早半年以上。『泥濘《ぬかるみ》の四本角』時代のしがらみも解けたトーリはすっかりこの新しい生活に順応し、家事の他にあれこれと周辺のものに手を付けるだけの余裕ができ始めていた。

今は庭の造成の一環で池を作っている。鳥小屋の改築が済み、アヒルが大きくなった今、アヒルたちを遊ばせる広い水場が欲しいと思ったのだ。

この家はやや高台にあり、そこから下って行った先には川が流れているのだが、そこまで行くのは少しかかるし、アヒルが流されては手が付けられない。だから池を掘って、その水を川へ逃がす様にしたのである。地下の水脈はユーフェミアが魔法を使って見つけ出し、穴掘りと水路掘りはシノヅキの大きな前足が実に役に立った。

湧いて来た泥水にアヒルたちは大はしゃぎで、もう冬が近いにもかかわらず、平べったいくちばしでちゃぷちゃぷと水と土とを一緒についばみ、羽根を震わして水を浴びた。

「お腹空《す》いた」

とユーフェミアが言った。見上げれば太陽は天頂に近い。トーリは頭のタオルを巻き直した。

「支度するわ。ちょっと待ってて」

それで台所に入る。夏の間はいるだけで汗をかくほどだった台所も、この季節になればむしろ丁度いいくらいだ。肌寒い外からここまで来ると、汗ばむくらいでも不思議と心地よい。

トーリは汗を拭《ぬぐ》って、茹《ゆ》で上《あ》がった菜っ葉を細かく刻んだ。水を混ぜてすり潰《つぶ》し、それを使って生地を練る。薄緑色の生地が出来上がり、後は寝かしてから延ばして切って成形する。

基本的に肉好きの魔界の住人たちは、野菜をそのまま出しても、最終的には食べるものの中々口を付けないので、トーリはこうやって食べやすい様に工夫することにしていた。気分は好き嫌いの多い子どもを持つ母親である。

居間でのんびりしていたらしいユーフェミアがひょいと顔を出した。

「まだ?」

「もうちょっと」

「いいにおい」

「食器出しといてくれ」

「うん」

風呂場では水音がしている。穴掘りで汚れたシノヅキが風呂《ふろ》に浸かってぼんやりしているらしい。スバルはソファの上で伸びたり縮んだりしていた。シシリアはユーフェミアの作業部屋に籠《こも》っている。何かやっているらしい。

トーリは麺《めん》を茹で上げて、じっくりと煮込まれたソースを絡めた。焼いた燻製《くんせい》肉と野菜を添える。それをユーフェミアに渡した。

「持ってって」

「うん」

「あー、お昼ー?」

ソファでぐだぐだしていたスバルが体を起こす。

「こら怠け者。お前もこれ持ってけ」

「はーい」

食事の事に関しては、魔界の住人たちは素直に言う事を聞く。他の事では何かと文句を言う。最終的に飯の事をちらつかせれば渋々ながら従うのだが。

トーリは寝室に顔を突っ込んで怒鳴った。

「シシリアさん、めしー！」

奥の作業場から「はーい」と声がした。トーリは食卓に戻る。ユーフェミアはもう席について出来上がった食事を眺めている。

「最近はお前あんまし仕事してないな」

「うん。最近は前みたいに沢山依頼が来ない。『蒼の懐剣』を鍛えたせいで、あっちが大抵の事を解決できる様になったみたいで、あんまりわたしまで仕事が回って来ないの」

「マジか。大丈夫なのか？」

「平気。モンスター退治はともかく、魔法薬とかはまだまだ需要ありだから。それにする事ないなら、その方がいいもん」

とユーフェミアはトマトソースを指に付けて舐《な》めた。

「おいしい」

「こら、つまみ食いすんな」

「味見」

「ったく……てか、仕事してないのにシノさんもスバルもシシリアさんも帰らねえな。いいのか？」

「多分、いい。それにシシリアにはちょっと手伝ってもらってる」

「ふーん……作業部屋で何やってんの？」

「魔法の開発」

「ははあ」

それは魔女らしいな、とトーリは納得した。

「はー、さっぱりさっぱりじゃ。腹が減ったわい。お、珍しい色じゃな」

シノヅキがほこほこ湯気を漂わせながら風呂から出て来た。何度も素っ裸で出て来て怒られているからか、胸元からタオルを巻いている。お洒落《しゃれ》をする様になって来たとはいえ、羞恥心《しゅうちしん》が著しく欠如しているから、未だにトーリは気が抜けない。裸体に慣れて来てしまった自分が何だか嫌だなあ、と常々思っている。

シシリアも来て、昼食と相成った。菜っ葉を練り込んだパスタにトマトソース、燻製肉とサラダ、それにスープである。

「トーリ、パン頂戴《ちょうだい》」

「あいよ」

「ボク、チーズもっと欲しい」

「はいはい」

「トーリちゃん、辛いのあるぅ？」

「ほい、かけすぎ注意な」

「相変わらずうまいのー。トーリ、その肉食わんならもらうぞ」

「だからこれは俺のぉ！　ったく……てか買い物行かねーと材料がないぞ」

最近は全員が仕事に行かず、三食家で食べるものだから食材の消費が早いのである。スバルが手を上げた。

「ボクが連れてってあげるよー。最近暇だし」

「暇なら魔界に帰れよ」

「やだよう、そんなつれない事言うなー」

スバルは手に持ったフォークで皿をこんこん叩《たた》いた。シノヅキが肉をもぐもぐと頰張る。

「にゃんいしへほ、ひっへんもじょ、んぐ」

「食ってから喋《しゃべ》れ」

「もぐ……なんにしても、近々いっぺん戻らねばなるまいな。エセルバートがうるせえでのう」

「あー……確かに。石頭だもんねえ」

スバルもうんざりした様に頭を振る。トーリは首を傾げた。

「上司か何か？」

「まあの。口うるせえで、面倒なんじゃ」

シノヅキは肉をすっかり平らげて、満足そうに腹をぽんぽんと叩いた。

「はー、食った食った。満足じゃ」

「相変わらずすげえ勢いだな……」

シノヅキはこの中で一番食べるのが早い。犬食いとはよく言ったものだとトーリは思った。もはや彼の中でシノヅキはよく食べるでかい犬扱いである。フェンリルという事は半ば忘れかけている。

「食べたら買い物？」

ユーフェミアが言った。口の周りがソースで真っ赤である。トーリは呆《あき》れ顔《がお》で手を伸ばし、口の周りをタオルで拭ってやった。

「だな。しっかし、もうちょい町に気軽に行けりゃいいんだがなあ。一々誰かの手を借りなきゃ買い物に行けないのはちと面倒だよ」

シシリアが思い出した様に身を乗り出した。

「そうそう、その事なのよ」

「なにが？」

「今ユーフェちゃんと一緒に転移装置の研究をしてて、トーリちゃんが一人でも町に行き来できる様にできたらなーって思ってるの」

「へえ」

それは便利である。正直、買い物の度に誰かの世話にならねばならないというのは意外に大変で、手間も時間もかかる。また買い忘れなどがあった場合が非常に面倒くさい。それが簡単に町に行き来できるのであれば、もっと気軽に買い物ができるし、何なら外食という選択肢も出て来るだろう。

冒険者稼業をやめてユーフェミアの所に来てからというもの、トーリは元々好きだった料理にさらにのめり込んでいた。ユーフェミアはじめ、使い魔たちも毎回うまいうまいと平らげてくれるから作り甲斐《がい》もある。

（クビになる直前は飯への反応なんかなかったもんなあ）

『泥濘《ぬかるみ》の四本角』の解散直前は仕事が忙しかった事や、それぞれの事情が切迫していた事もあって、料理に舌鼓を打つ余裕もなかった様に思う。前にアンドレアたち三人が来た時にはうまそうに食べてくれたし、今では笑い話として思い出せるけれど、あの頃は必死だったなあとトーリは思った。

しかし毎日三食、あれこれ作っていると次第にレパートリーが減って来る。色々と工夫はしているものの、元々料理人というわけではないからやはり限界はある。だから勉強も兼ねて、トーリは少し外食にも行きたいと思っていたところなのだ。

「最近研究してる魔法ってのは、それか」

「うん」

とユーフェミアは口をもぐもぐさせながら頷《うなず》いた。またしても口周りはトマトソースで真っ赤だ。

トーリはタオルを持った手を伸ばしてその口元を拭う。

「またお前は……」

「んむにゅ……」

「ったく、もうちょっと落ち着いて食え。で、その転移装置はできそうなの？」

「理論は構築できてるからねぇ。あとは微調整ってところかしらぁ。それから色々と素材が必要になるから、それを集めないとねぇ」

とシシリアはあっけらかんと言う。魔法に関しては門外漢であるトーリだが、かなり高度な事をやろうとしているのは察せられた。

すげえなあ、とトーリは素直に感心した。どうしようもないところも多分にある連中だが、専門分野に関してはやはり群を抜いている。魔界の賢者と称されるアークリッチと、それを使役する〝白の魔女〟のタッグならば、作れない魔法などなさそうに思われる。

食事を終え、片付けをしていると、ユーフェミアがぽふんと後ろから抱き付いて来た。

「なんだよ」

「んー」

「やりづらいから離れろって」

「ん」

ユーフェミアはしばらくトーリの背中に顔を埋めてぐりぐりと押し付けていたが、やがて手を放してぽてぽてと寝室に入って行った。食後の昼寝でもするのだろうか。

トーリはふうと息をついた。ああいう風に突発的に甘えて来るから油断ならない。背中に柔らかな感触が残っている様な気がした。

それで出かける段になった。外に出たスバルがむくむくと膨らんでフェニックスの姿になる。翼を広げて何だか伸びでもする様な格好をした。

『あー、落ち着く！　よーし、行くぞ。ほらほら、乗って。はーやーくー』

「ちょっとかがんでくれよ、乗れねえだろ」

スバルはトーリを乗せるとたちまち空へと舞い上がった。そうして翼をはばたかしてぐんぐんと加速し、アズラクを目指す。その背中にしがみついているトーリは下を見る余裕なぞない。そんな事をすればたちまち風に煽《あお》られて真っ逆さまに落っこちるのが関の山だ。

ユーフェミアやシシリアの転移魔法だとほとんど一瞬で着くのだが、物理移動であるスバルの場合は小一時間かかる。それでも十分に早いのだが。

フェニックスであるスバルの背中は温かいから、冬の寒風を和らげてくれる。だから上空をすっ飛ばしてもトーリが凍える事はない。

いつもの様に郊外に降りて、人化したスバルと一緒に町に入る。相変わらずの賑《にぎ》わいで、あちこちに大勢の人々が行き交ってざわざわしている。

「何買うのー？」

「食材色々。主食系はまだいいとして……まあ肉だな」

「にくー」

スバルは嬉《うれ》しそうに両腕を上げた。そういえばフェニックスって猛禽類《もうきんるい》なのだろうか、とトーリは思った。

夏野菜はもう終わってしまったものの、菜っ葉や根菜などが畑で採れているから、それなりに買い物の量が減ったけれど、それでもやはり買わねば賄えない。四人とも食欲旺盛《おうせい》だから止むを得まい。

露店の焼き菓子を頬張っているスバルは、まだあちこち目移りしているらしく、トーリが気をつけていないとはぐれそうだった。

「よそ見するんじゃないぞ。迷子になるぞ」

「トーリこそ前見て歩けー」

「お前が変な方に行ったりするからだろ！」

大きな塊肉や燻製《くんせい》肉、干した魚、塩漬けなどを買い込んで、すっかり持ち重りのする荷物を二人で持ち分けて帰る段になった。街中でフェニックスになるわけにもいかないから、町の外までえっちらおっちら歩いて行かねばならない。荷物が増えると人の間を縫って行くのも一苦労である。それなのにスバルが事あるごとに足を止めて大騒ぎする。

「トーリ、お菓子お菓子！　お菓子買おう、お菓子！」

「うるせー、これ以上持てるか！　しかもさっき買ってやっただろ！」

「お土産だよ！　おじさん、それ頂戴！　大袋で三つ！　お金はおにいちゃんが払いまーす」

「こらーッ！」

どたどたしながらようやく帰るという頃には、トーリはすっかりくたびれていた。スバルは元気である。郊外でフェニックス姿になって翼をばたばたさせた。

『お菓子お菓子！』

「うるせえ、さっさと乗せろ」

『あ、なんだよその態度！　燃やすぞ！』

「おうおう、やってみろ。二度と飯作ってやんねーぞ」

『うぐぅ……さっさと乗れよー』

かがんだスバルの背によじ登る。フェニックスの背中は羽毛で柔らかいが、身をかがめていないと風をまともに受ける羽目になる。スバルの上にいれば温かいものの、寒風はあまりまともに受けたくはない。トーリは荷物を押さえながら、背中に張り付く様に身をかがめた。

『行っくよぉー』

翼をはばたかしてスバルが宙に舞い上がる。風が巻き起こってトーリの髪の毛をばさばさと暴れさせた。お菓子を買い込んだからか、スバルはさっさと帰りたい様で、来る時にも増して速度を上げた。トーリは必死になってしがみついて、周囲を見る余裕もない。

それで家に帰り着く頃には、トーリはへろへろになっていた。何だか頭がくらくらする。

「お前よぉ、荷物が多いんだから、無暗に飛ばすのやめろよ、荷物が吹っ飛ぶかと思ったぞ」

『吹っ飛んでないからいいんだよ！　お菓子頂戴、お菓子！』

「荷物を片付けてから！」

買って来た食材を台所に片付けて、やれやれと息をつく。誰と行っても買い物の度に騒動になるから、もしも転移装置ができるならありがたい限りだ。

大きな肉の塊を見て、シノヅキが目を輝かしている。

「見事な肉の塊じゃ！　わしのか⁉」

「みんなで食うの。てかシノさん、たまには狩りにでも行って来いよ」

「別にええが、狩った獲物をさばいたりできんぞ、わしは。おぬしはできるのか？」

「できなくはないけど……しばらくやってないからなぁ」

冒険者時代は獲物の解体などもよく行っていたが、それもブランクがある。現地で手早くやれるかどうか、その辺りが断言できない。

かといってフェンリル姿のシノヅキが狩りをするとなれば、血抜きも何もなしに持って帰って来るだろう。その頃には身に血が回って、すっかり臭くなっているに違いない。肉にはなっても血なまぐさいのではどうしようもない。

「俺が一緒に行って……」

「えー、わし、帰って来た時に飯ができとる方がええんじゃが」

確かに、トーリが出かけてしまうと、家事をする者が誰もいなくなるだろう。

それでも、一頭分の肉というのは魅力的だ。せめて血抜きだけでも現場で行えれば、持って帰って来て解体すればよいので、現実味はある。家事と狩りとを上手く両立できれば食費の節約にもなるし、暴れたいシノヅキを発散させる事にもなるだろう。

その事は追々考えるとして、ひとまず今日の夕飯の支度をせねばなるまい。その前に風呂《ふろ》の湯を沸かし直して、とあれこれ考えながら、トーリは食材を冷蔵魔法庫《フリッジ》に押し込んだ。

2. 短い留守番

日は段々と短くなり、風も冷たくなる。紅葉していた葉が冬風に吹き散らされて、辺りの景色が何だか寒々しくなって来た。もう冬の始まりである。

家事や畑、鳥の世話をする合間にも、トーリは少しずつ家の周りを片付けていた。伸び放題の草の間から成長の早い雑木が高く伸び、それに蔦《つた》が絡んでとんでもない事になっているのを切り開き、埋もれていた古い壺《つぼ》やレンガなどを片付ける。

元々はもっと庭も広かったと見えて、埋もれているものの中には、もう腐ってボロボロになったテーブルや椅子もあった。かつてはこれらに腰かけて庭先でお茶でも飲んでいたのかも知れない。

茂みに覆われてわからなかったが、取り払って見るとリンゴやレモンの樹があった。雑草に覆われていたせいで元気はなかったが枯れてはおらず、トーリは幹についたカビや苔《こけ》をこそぎ落として綺麗《きれい》にし、鳥小屋から出た鶏糞《けいふん》や刈った草で作った肥やしを根元に敷いてやった。それなりに樹齢を経た木らしく、持ち直せばすぐにでも実をつけてくれそうだ。

冬が近づくと草の勢いは落ちる。だから夏よりもよほど作業はしやすく、また外で火を燃やしても汗まみれになる心配もない。むしろ気持ちがいいくらいだ。

焚火《たきび》に埋めておいた芋を掘り出して二つに割ると、黄金色の身から湯気が立ち上った。それにバターを塗って頬張ると、ほくほくした甘みとバターの塩気が相まって大変うまい。

「楽だなー」

と呟《つぶや》いた。今日は久しぶりにユーフェミアも仕事が入り、従魔たちも連れて出かけている。一人きりの時は、トーリは特に食事に手をかける事はしない。こんな風に焼いた芋とお茶だけで簡単に済まして平気な顔をしている。

使い魔たちはしばらく魔界に帰っていたが、今回の仕事でまた呼び戻された。これでしばらく帰らずに済むぞ、と三人とも何だか嬉しそうだった。魔界はそんなにつまらない場所なのかしらん？ とトーリは思った。

庭先では相変わらず鶏たちが地面を引っ掻《ひか》いて、飛び出して来た虫などをついばんでいる。アヒルたちは水辺を歩き回っている。池の水はもう澄んで、もしかしたらいずれは水路を辿《たど》って川から魚などが上がって来るかも知れない。そうならなければ、いっそ魚を捕まえて来てここに放すのもいいだろう。養魚池にもなるなら、それはそれで便利だ。

ユーフェミアたちは久しぶりのモンスター退治らしい。ユーフェミアとその仲間たちに鍛えられた『蒼の懐剣』の活躍によってしばらく出番がなかった様だが、今回はやや大物らしく声がかかった。シノヅキやスバルは久々に暴れられると張り切っていた。

今日の夜に帰って来られるのかは謎だが、ひとまず夜でも明日の朝になっても大丈夫な様に支度はしてある。昼を作らないでいい分、夜の仕込みに手をかけられるので、トーリとしてはそっちの方が楽しい。三食毎回だと量的な問題もあって忙しさの方が先に立つのだ。

芋を頬張り、温かいお茶をすすりながら、トーリは庭を見回した。来た頃は草にまみれていた庭も、今ではそれなりに整理されて形がよくわかる。

冬の間にもっと片付けて、樹木の苗などを植え足したい。柑橘類《かんきつるい》ももっとあっていいし、ベリー類などもあればジャムや砂糖漬けにして保存しておけるだろう。棚を作ってブドウを育てるのも楽しそうだ。

あれこれと将来の妄想をして楽しんでいると、どうして自分は冒険者などやっていたのだろうと思う。若さゆえの血気のせいだろうか。今となってはどうでもいい事なのであるが。

焚火の勢いを緩めてから家に入った。午前中から油と香草でマリネしておいた肉の様子を見る。いい具合に漬かっている。味は薄めにしてあるから、翌日まで漬けておいても大丈夫だし、夜に帰って来たならば焼く時に味を足せばいい。

家の中の掃除は今となってはさほど手がかからなくなった。服や本は、ユーフェミアが放り出したそばからトーリが片付けるので、物は基本的に整頓《せいとん》されているし、天井の蜘蛛《くも》の巣《す》なども目についた時に取ってしまう。床掃除も日課だから汚れも溜《た》まっていない。

トーリは居間を掃いて、暖炉周りの細かい灰などを片付けた。それから外に出て薪を割る。これからの季節は燃料がなければ大変だ。夏は調理や風呂《ふろ》焚《た》きに使うばかりだが、冬は暖房として火を焚《た》き続けなければならない。現にもう暖炉からは火が絶えていない。だからトーリは毎日森を歩いて薪を拾い集め、立ち枯れした木は倒して持ち帰った。そうして扱いやすい様に庭先で切ったり割ったりして、棚にしまっておくのである。

「よいせっ」

振り下ろした斧《おの》が薪を真二つにした。

薪は一撃で割れると大変気分がいい。しかし素直に割れてくれる薪ばかりではない。節などがあると斧が止められて、何度も叩《たた》き付ける羽目になってくたびれる。斧が抜けずに二進《にっち》も三進《さっち》もいかなくなった場合によっては、くさびを持って来て割れ目に押し込み、ハンマーでぶっ叩く事もある。これがまたひと手間でくたびれる。

それでも、薪割りは意外に夢中になるもので、いつの間にか割った薪が山になる。夏場の薪割りはきついけれど、この季節の薪割りはむしろ気持ちいいくらいだ。割る前の木の山が減り、割った薪が山と積まれたのを見ると達成感もある。

日が落ちかける頃になっても、ユーフェミアたちが帰って来る気配はない。

「今日は帰って来ないかな」

食事の支度に時間を取られなかった分、薪割りに精を出してしまったので、いつもより肉体的疲労が大きい様に思われた。家事も肉体労働ではあるのだが、斧を振るうのはやはりわかりやすい疲労感として体に来る。

トーリはゆっくりと風呂に浸かり、簡単な夕飯を済まして、居間の片隅に設えてある寝床に入った。

あの四人がいないだけで驚くくらい静かだ。ちょっと寂しいくらいだが、たまにはこういうのも気楽でいい。薪割りの疲れもあって、泥の様に眠りに落ちた。

それで朝方になって目が覚めると、何だか寝床が狭い。というより重い。何かが上に乗っているらしい。柔らかい感触がして、寝ぼけた頭で目をやると、白い髪の毛が見えた。

「……んん⁉」

ギョッとして布団をめくると、ユーフェミアが同じ布団に潜り込んで、トーリの胸に顔を埋める様にしてくうくうと寝息を立てていた。

寝ている時に無意識にトーリの方もユーフェミアに腕を回していたのだが、手に当たる感触はすべすべした素肌のものである。寝る時はいつもそうである様に素っ裸らしい。

「おい、ユーフェ起きろ。おい！」

「みゅう……」

ゆすぶるとユーフェミアはもそもそと身じろぎして、寝ぼけ眼でトーリを見た。それからまたぐりぐりとトーリの胸元に顔を擦り付けて、そのままめくれた布団をかぶろうとする。

「……んゅ」

「寝るな！」

トーリはユーフェミアを体の上からどかした。ユーフェミアはころんと横向けになって、もそもそと布団の中で丸くなる。トーリはそのまま寝床から這《は》い出した。傍らにはユーフェミアの服が脱ぎ捨ててあった。

一気に目が覚めて、トーリは目をこすった。ユーフェミアはトーリの抜け出した寝床の中で、そのまま気持ちよさそうに目を閉じている。

「……帰ってたのかよ」

と言うと、ユーフェミアは片目だけ開けてトーリを見た。

「夜遅くにね。ご飯は食べて来たよ」

「起こしてもよかったのに……」

「トーリの寝顔、レアだから」

いつもトーリはユーフェミアたちが寝るまで寝ないし、朝は誰よりも早く起きる。確かに寝顔はレアかも知れないが、裸で寝床に潜り込まれるのは心臓に悪い。

「お前よぉ、だからってよぉ……」

ぐったりしているトーリをよそに、ユーフェミアは「トーリのにおい」と枕に顔を埋めている。

本気で誘惑しようというにはのほほんとしすぎだし、かといってからかっているという風でもない。ユーフェミア自身がトーリを好きなのに嘘はないだろうけれど、行動一つ一つが突拍子もないから困る。

ユーフェミアが本気でトーリとくっつきたいと思っている事はよくわかっているし、トーリ自身もやぶさかではないのだが、この年になるまで色恋沙汰《ざた》と無縁だった事もあって、どうしても気恥ずかしさが先に立つ。

また、今の付かず離れずの関係が心地よい事もあって、一線を超えるとそれが壊れる様にも思われ、どうにも及び腰になるのである。

(冒険者なり立ての頃は、安定なんてクソくらえって思ってたけどなあ)

裏方生活を続けるうちに、随分安定志向になったものである。慎重と言えば聞こえはいいかも知れないが、要するに優柔不断で思い切りがないのだ。ヘタレである。

トーリは諦《あきら》めて踵《きびす》を返し、くすぶっている暖炉の埋火に薪を放り込んだ。鍋《なべ》に水を張ってその上にかけ、干し肉、干し茸《きのこ》、香草、芋、根菜を入れておく。

外に出るとひんやりした朝の空気が顔を撫《な》で、色々と火照った体に気持ちがいい。

井戸の水で顔を洗い、口をゆすぐ。それから小屋で騒いでいる鶏とアヒルを外に出した。野菜くずを小屋に放り込み、水桶《みずおけ》に新しい水をたっぷりと入れておく。畑を見回って、採れる野菜を採る。うっすらと霜が降りていて、葉野菜を触ると指にしゃりしゃりした。

家に戻ると、ユーフェミアは寝息を立てている。昨夜はいつ帰って来たのかわからないが、実によく寝る娘だと思う。トーリはユーフェミアの寝顔を見て、やれやれと頭を振った。脱ぎ捨ててある服を拾って洗濯籠《かご》に放り込む。

炉に薪を足し、台所のキッチンストーブにも火を入れ、朝食づくりに取り掛かった。

昨日から漬けておいた肉を出しておき、その間にスープを仕上げてしまう。火にかけておいた鍋はいい具合に煮立ち、野菜も柔らかくなっている。そこにトマトの水煮や塩、香辛料で味付けをし、最後に刻んだ菜っ葉を加えて余熱で火を通す。

肉を焼き始める頃にシノヅキが起き出して来た。フェンリルだから鼻が利くので、食べ物のにおいに一番敏感に反応するのが彼女である。鼻をひくつかしながら、ひょっこりと台所に顔を出した。

「肉の焼けるにおいじゃ」

「鼻が利くね」

そう言いながら、トーリは肉をひっくり返した。

「昨日はぐっすりおねむじゃったのう」

「あー……起こしてくれりゃよかったのに」

「わしらはそうしようかと思ったんじゃが、ユーフェが駄目じゃと言うんでな」

「ああ、そ……」

まあ、そんな事だろうと思った、とトーリは肉を皿にあける。

「持ってって。つまみ食いするなよ」

「誇り高きフェンリル族がそんな事しやせんわい！」

嘘こけ、とトーリは心の中で毒づいた。

皿を持ったシノヅキと入れ替わりにスバルが入って来た。まだ寝ぼけた様子でぽてぽてやって来て、トーリの背中をつつく。

「お腹すいたー」

「ちょっと待って。スバル、皿持ってけ。もうちょいできるから」

「はーい」

少し硬くなったパンを霧吹きで湿らせ、グリルパンで炙《あぶ》る。これで少しは食べやすくなるだろう。

パンを焼いていると、後ろからシシリアがそっと腕を回して来た。ドでかい胸が背中に押し当てられる。

「おはよぉ、トーリちゃん」

「ちょ！　やめろやめろ！」

「うふふ、照れちゃって、かーわいい」

「今更シシリアさん相手に照れるわけねーだろ、焦げるっつーの！　邪魔邪魔！」

「もう、段々耐性つけて来ちゃって、お姉さん寂しいわぁ」

「はいはい。ほら、パン焼けたから持ってって」

「はぁい」

　どたどたしながら朝食になった。寝癖やらなんやらがそのままの連中ばかりだ。家にいる限り、身だしなみというものを考えようとしない。シシリアだけはきっちりしているが。

「昨日の晩飯はどうしたんよ」

「アズラクのお店。朝までやってる所があるから」

　とユーフェミアがバターを塗ったパンをかじりながら言った。シノヅキが肉を手づかみする。

「量はあったが味はイマイチじゃったわ！　おぬしの作る飯の方がうまい！」

「そ、そう」

　何となく照れる。トーリは誤魔化す様にシチューを口に運んだ。

　朝食を終えて皿を洗い、洗濯物を籠に入れて風呂場《ふろば》に運ぶ。まだ温かい昨夜の残り湯と石鹸《せっけん》でまず洗い、それから井戸水ですすぐ。このやり方だと、冬でも指がかじかむ事がない。

　今日は雲がかかっていて外干しでは乾きそうもないので、暖炉の傍で部屋干しをする事にした。

トーリが洗濯物をぶら下げていると、薄手の部屋着に着替えたユーフェミアが、ソファでだらけている使い魔たちに言った。

「明日はダンジョンに行く。転移装置の触媒になる魔道具か魔鉱石を見つける予定」

「お、そりゃええな。体を動かした方が飯がうめぇでのう」

「どこのダンジョンに行くのー？」

とスバルが言った。

「廃都アルデバラン」

七尖塔《せんとう》や大魔宮と並ぶ超高難易度ダンジョンである。白金級《プラチナ》のクランが入念な準備をして行く様な場所なのだが、ユーフェミアは準備らしい準備はしない。服を着て、杖《つえ》を持って、変身するだけだ。近所に遊びにでも行く様な気軽さである。

洗濯物を干し終えてお茶の支度をしていたトーリは、ふと口を開いた。

「地上のダンジョンと魔界って、どっちが危ないとかあるの？」

「魔界にもモンスターいっぱいいるよ。危ない植物も多いし」

とユーフェミアが言った。

「地上にしかおらんモンスターもおるからの、どっちがどうとは言えんが、魔界の方が凶暴なのは多いかも知れんのう」

とシノヅキがソファにぐでっとしながら言った。同じく隣に腰を下ろすスバルが頷《うなず》く。

「でもどっちも大した事ないよね。ドラゴンとかになれば、ちょっとは歯ごたえあるけど」

「魔界は魔力が濃いものねぇ。その影響で地上より強いモンスターは多いけど、どっちにしても関係ないわねえ」

とシシリアが言った。

（こいつらじゃ魔界も地上も一緒かよ）

どちらが強かろうが、同じ様に倒してしまうのだろう。そのせいで違いもイマイチわかっていないのかも知れない。トーリは何となく諦めた様な気分でやれやれと頭を振って呟《つぶや》いた。

「明日は仕事なら、今日のうちにちょっと買い物に行っとくかな……」

今まではユーフェミアたちが仕事に出かけてしまうとトーリは町に出る事はできなかったのだが、転移装置ができればユーフェミアたちが不在でもアズラクに行き来できる。それだけでも便利な上、思い立った時に出かけられるのはやはり気分が違う。

苗木を仕入れに行かなきゃなあ、と考えながらお茶を淹れていると、ユーフェミアがじーっとこちらを見ているのに気づいた。

「なんだよ」

「あのね」

「おう」

「お買い物、一緒に行きたい」

「何だ、欲しいものでもあるのか？」

「冬服、見に行きたい……」

「ああ……いや、それ俺要る？　荷物持ちか？」

「トーリが見て可愛いって服、欲しいもん」

ちょっと上目遣いでそんな事を言う。ユーフェミアの性格からして狙っているわけではないだろうけれど、大変あざとい。そうして可愛い。

（くそ、こいつめ……落ち着け俺。平常心、平常心……）

「トーリ、こぼれとるぞ」

シノヅキに言われてハッとすると、カップからお茶が溢《あふ》れていた。スバルとシシリアがにやにやしながらトーリを見ている。

3. 間の抜けたデート

町に着いたからといって、すぐに目的の店に行くわけではない。カフェでお茶を飲み、軽く昼食をとって、町を当てもなくぶらぶらと歩き、そうしてようやく服屋に入った。

アズラクは魔境に近いながらも人の行き来は多い。ダンジョンや魔境から得られる素材の取引が活発な分だけ物流も多く、あちこちの地域の様々な品物が入って来る。服もその例に漏れず、生地や意匠の違いは勿論《もちろん》、安いものから多少値の張るものまで、店によって扱うものも様々だ。

それなりの店に入って、ユーフェミアはあれこれと服を試着した。素材がいいせいか、店員が大張り切りである。次から次へと色々な服を持って来て、着せ替え人形の如くユーフェミアに着せている。

「いいですね、お客様！　超可愛いです！　この組み合わせですとこちらも如何ですか！」

「……どう？」

「お、い、いいんじゃないか」

「可愛い？」

「お、おう。可愛いぞ」

「……えへへ」

ユーフェミアは嬉《うれ》しそうにはにかんで、次の服を着ようと試着室のカーテンを閉めた。トーリは頬を掻《か》いた。何だか物凄《ものすご》く照れ臭い。

店員がほくほく顔でトーリに言った。

「いやあ、可愛い彼女さんですねえ。何を着ても似合うなんて、お勧めし甲斐《がい》がありますよ」

「ははは……はぁ」

いや彼女じゃないです、と言いかけたが、それも変な話なので笑ってごまかす。

確かに可愛い。凄《すご》く可愛いし、どの服でも似合うと思うのだが、可愛すぎるせいで、却ってトーリは緊張していた。普段のユーフェミアと変わらないと頭ではわかっているのだが、装いを変えると美少女であるという事が再認識されて、何だかドキドキする。

冬服だから、全体としてふっくらした素材のものが多いが、それもユーフェミアにはよく似合った。スカートも合うし、パンツ系のものも合う。コートやマフラーでちょっと着ぶくれてもこもこしている様も、小動物感が増して非常に可愛らしい。

どれがいいかと尋ねられても甲乙のつけようがないから、トーリはすっかり困ってしまうし、そのせいで結果として量が増えたので、持ち重りがする羽目になった。

「随分買っちまったな……」

「うん、トーリがどれも似合うって言うから」

「いや、俺のせいじゃ……いや、俺のせいか？」

確かに、トーリがきっぱりしていればよかった話ではある。トーリの選択にユーフェミアは異を唱えなかっただろう。こんなところでも優柔不断なのが災いする。トーリはやれやれと頭を振った。しかしどれも似合っていたのだから仕方があるまい。

服の量が多いから、他の買い物ができそうもない。使い魔連中と違って、ユーフェミアに荷物持ちをさせるのは気が引けるのである。ついでに食材も買おうかと考えていたトーリの目論見は崩壊した。帰ったらある分で献立を考えねばなるまい。留守番の従魔たちの昼食は準備して来た。だからひとまず夜の事を考えればよい。

明日は確かユーフェミアたちはダンジョンに行くのだし、そうなると献立は……とトーリは眉《まゆ》をひそめた。

「しかめっ面」

と言ってユーフェミアがトーリの眉間《みけん》を指でつつく。

「そりゃ考え事してりゃこうもなるよ」

「何考えてるの？　わたしの事？」

「いや……まあ、確かにそうと言えばそうかも知れんが」

「嬉しい。結婚しよ？」

「ははは、唐突にぶち込んで来るな、お前……飯の献立考えてるんだよ、邪魔すんな」

ユーフェミアは頬を膨らまして、トーリの肩を小さな拳《こぶし》でぽすんと殴った。

その時、「あれ、トーリ」と声がした。振り返ると、『蒼の懐剣』の双剣士、スザンナが買い物袋を持って立っていた。

「スザンナじゃねえか、久しぶりだな。買い物か？」

「うん、今日明日はクラン全体で仕事を休みにしてるんだ。ちゃんと休みも入れないといい仕事できないもんね。ユーフェ久しぶり。元気にしてた？」

「うん。スザンナも元気そう」

とユーフェミアはなぜかトーリの後ろに隠れながら、顔だけ出して言った。スザンナはにひひと笑いながらわざとらしく力こぶを作る様なポーズをした。

「元気いっぱいだよ、わたしは！　二人はデート？」

「うん、そうだよ」

「違うわ！　お前の冬服を買いに来たんだろ！」

「トーリ、それってデートだよ……まあ、いいや」

とスザンナは呆《あき》れた様に笑った。

スザンナと会うのも久しぶりである。レーナルド討伐の夜に、ユーフェミアの家で会って以来であろう。

「アンドレアとジャンは元気か？」

「アンドレアは相変わらずだよ。ジャンは冒険者やめちゃった。故郷に帰ってね、王宮の顧問魔法使いになるんだって！　凄いよね」

「お、おお、マジか……」

元々、師匠との約束を果たす為に冒険者を続けていたジャンは、その約束を果たした為、故郷のプデモットに帰ったらしかった。王宮顧問魔法使いというのは大躍進である。

「相変わらず忙しいのか、『蒼の懐剣』は？」

「だね。何とかまだトップクランの位置にいるけど、最近アズラクって景気がよくて、周辺に新しいダンジョンもどんどん見つかってるんだ。だから他の地域から実力のあるクランが移って来たりして、うかうかしてられないんだよね」

「マジか。冒険者増えてるって事？」

「そうそう。白金級《プラチナ》のクランも結構多いんだ」

「そんな事になってたのか……おいユーフェ、お前ももうちょい仕事しないとやばいんじゃないのか？」

「そう？」

ユーフェミアは泰然としたものである。スザンナがくすくす笑う。

「いやー、どんな冒険者が入って来てもユーフェの立場は揺るがないと思うよ？　そっちはどう？　シノさん、スバルちゃん、シシリアさんも元気？」

「元気元気。というかあいつらが元気じゃないのは想像できないだろ？」

「あはは、そうだね。何よりだ」

ユーフェミアがこそこそしながら口を開く。

「弟、元気？」

「シリル？　うん、おかげでとっても元気だよ。寝たきりだったせいで体力はないけど、手先がとっても器用でさ、最近は家で繕い物の仕事をする様になったんだ」

「へえ、そりゃよかったなあ」

「でもやっぱりたまに不思議な事言うんだよね。何もいない所を見て話しかけてる時もあるし。あ、そんなにしょっちゅうじゃないよ？」

「ふぅん？　まあ、実害がないならいいんじゃないか？」

「今度様子見に行くね」

とユーフェミアが言った。トーリは意外そうに目を細めた。

「珍しいな。お前、あんまりそういうのに興味ないと思ってたが」

「ちょっと気になる事があるから」

スザンナがからからと笑う。

「そっか。でもユーフェが見てくれると安心かも。気軽に遊びに来てよ」

「いやいや、『蒼の懐剣』が忙しいんだろ？　タイミング合わせるから」

「あはは、それもそうか。じゃあスケジュールわかったらギルドに言伝してね」

そんな風にしばし久闊《きゅうかつ》を叙して、そうして家に帰る頃にはもう夕方になっていた。

シノヅキとスバルがソファに寝転がっていて、帰って来たトーリたちを見て、手を上げた。

「おー、帰ったか」

「おかえりー。お腹すいたよー」

「……焦げ臭いな」

「それがじゃの、昼飯が足らんかったもんじゃから、わしらで何か作ってみようと思うてな。見事に失敗したわ！」

わははと笑うシノヅキに、トーリは肩を落とした。

「勝手な事を……」

台所には焼け焦げた肉が置いてあった。あいつら、塊を丸ごと使いやがったのか、とトーリはますます落胆した。しかし、火力を強くしすぎたせいで外が焦げただけらしく、焦げた部分を取り除けば、まだ使える部分はありそうだ。これが薄切りだったらこうはいかなかっただろう。不幸中の幸いだな、とトーリは焦げを取り除き、無事だった肉をスライスした。

そのまま焼くには少し小さいので、細かく刻んで野菜、茸《きのこ》と一緒に炒《いた》めて、水とワインで煮込む。練っておいた生地を延ばし、パイ皿に敷いた上に煮込んだ具材をたっぷり入れ、生地で蓋《ふた》をしてオーブンに入れた。

風呂桶《ふろおけ》に水を張って火を入れてから台所に戻り、買って来た魚に塩を振って網で焼きながら、鍋《なべ》にスープをこしらえる。

ユーフェミアは歩き疲れたのかソファでくったりしており、その周りでは買って来た服を広げながら、使い魔たちがきゃっきゃと騒いでいた。

「あら、これなんか可愛いじゃない」

「そうかのう？　動きづらそうで、わしゃ好かんわ」

「この帽子、シノの毛皮っぽくない？　ふかふかしてるよ」

「わしはもっとふかふかじゃ」

「今度シノをブラッシングして、抜け毛を集めたら高く売れるかもねえ」

「えー、ボクの羽根の方が高く売れるよ、きっと」

「うふふ、フェンリルの毛とフェニックスの羽根じゃ、錬金術師が喜びそうねえ」

「おーい飯だぞ。運ぶの手伝ってくれ」

「はーい」

騒がしい食事を終えて、ユーフェミアたちが銘々に風呂《ふろ》に入っている間に、トーリは食器を片付け、部屋を掃除し、翌日の食事の仕込みをする。パン生地を練って寝かしておき、水を張った鍋に乾燥茸と干した根菜を浸けておく。

洗った食器を拭《ふ》いて片付け、すっかり一段落させて台所から出ると、風呂から出て、全身からほこほこ湯気を立ち上らせるユーフェミアがソファに腰かけてぽやぽやと目を閉じていた。薄手のキャミソールを着て、肩からタオルをかけている。

「ユーフェ、ちゃんと着ないと湯冷めするぞ」

「ん……眠い」

ユーフェミアは薄目を開けてトーリを見ると、自分の横をぽふぽふと手の平で叩《たた》いた。座れという事らしい。トーリが怪訝《けげん》な顔のまま腰を下ろすと、ユーフェミアはトーリの肩に頭を乗せて目を閉じた。

「……え？　寝るの？」

「ん……」

ユーフェミアはもぞもぞと身じろぎして、トーリに寄り掛かり直す。しっとりと湿った髪の毛が袖《そで》をまくった腕に触れて心地よい。甘いシャンプーのにおいが漂う。

「いや、ちょっと待て。ここで寝るんじゃない」

「ん」

ユーフェミアはずり落ちる様にトーリの膝《ひざ》まで頭を落とし、下からトーリの顔を見上げた。

「もうちょっとこうしてていい？」

「むう……」

トーリは照れ臭くなって、指先で頬を掻いた。

風呂場《ふろば》ではシノヅキとスバルが大騒ぎしている。風呂の度に何かして遊んでいるらしい。一番風呂に入って寝間着に身を包んだシシリアは食卓でお茶を飲みながら本を読んでいる。

ユーフェミアはトーリの膝枕《ひざまくら》で気持ちよさそうに目を閉じる。

「……ちょっと横向け。耳掃除しちゃる」

「うん」

体を伸ばして耳掻《みみか》き棒を取り、トーリはユーフェミアの髪の毛をかき上げて耳を出した。風呂に入った後だからか、ほんのり朱に染まっている。

「んっ……」

耳掻き棒を突っ込むと、ユーフェミアはくすぐったそうに身をよじらせた。

「動くなよ、やりづらい」

「んみゅ……もっとゆっくり動かして」

「痛かった？」

「ちょっとだけ……」

「すまん」

「平気……んっ、そこ気持ちいい……ふあぅ……んんっ」

耳掻き棒が耳の壁をこする度にユーフェミアが悩まし気な声を上げるので、トーリは何となく落ち着かない気分になった。

シシリアがにやにやしている。

「驚いたわぁ、こんな所で始めちゃったのかと思った」

「はじっ……」

トーリは口をもごもごさせて、耳掻きの方に神経を集中する。

「トーリちゃん、それ、お姉さんにも後でしてくれるぅ？」

「……大人しくしてるって約束できるならな」

「勿論《もちろん》よぉ。なんで暴れるって思うのぉ？」

「いや、暴れるっていうか……まあいいや」

両耳をすっかり綺麗《きれい》にして、耳垢《みみあか》をちり紙に包んで捨てる頃には、シノヅキとスバルが風呂から出て来た。

「はー、さっぱりさっぱりじゃ。おりょ、何をやっとるんじゃ」

「ユーフェここで寝るのー？　トーリの膝じゃ寝づらくない？」

「大丈夫」

「いや、大丈夫じゃねえよ、ベッドで寝ろ、ベッドで」

「一緒に寝ようよ。今朝みたいに」

「やだよ、寝られねえもん」

「なんで？」

「落ち着かねえんだよ、こう……色々と」

柔らかいしいいにおいがするし、とまでは言わなかった。ユーフェミアは不満そうに頰を膨らまし、ごろんと寝返ってトーリの腹の所に顔を埋めた。

後ろからシシリアが肩を叩く。

「トーリちゃん、次お姉さんの番でしょぉ？」

「え？　あー、耳掻き？」

「そうそう。ユーフェちゃん、交代交代」

「だめ」

とユーフェミアはトーリの膝からどこうとしない。

「いいじゃないのー、ユーフェちゃん、独り占めはずるいずるいー」

「ずるくない。トーリはわたしのだもん」

「もう、意地悪さん！　くすぐっちゃうわよぉ」

シシリアはにまにましながらユーフェミアの脇腹に手を伸ばす。ユーフェミアは抵抗する様にトーリにしがみついた。

「んぎゅう……」

「うふふふ」

「やめろ馬鹿、こんな所で暴れるんじゃねえ！」

じゃれ合いの結果、最も甚大な被害を被っているのはトーリである。しがみつくユーフェミアとのしかかって来るシシリアとに四苦八苦していると、面白がったスバルまで飛び乗って来て、何だかよくわからない事になって来た。

「うりゃうりゃ！　どーだ、ボクが一番強いぞ！」

「そういうのじゃねえから！」

「やん、トーリちゃん、どこ触ってるのぉ」

「不可抗力！」

どたどたしながらも、ユーフェミアたちを寝室に押し込み、トーリは息をついた。毎日何かしらで大騒ぎになるから困ったものである。

やれやれと思っていると、一人だけ騒ぎの外にいたシノヅキが、寝室に入り損ねたらしく、ソファでごろごろしていた。風呂上《ふろあ》がりの薄着そのままである。

「何やってんの、シノさん」

「見りゃわかるじゃろ。ごろごろしとるんじゃ」

「寝るならベッドに行けよ、風邪引くぞ」

「フェンリル族は風邪なぞ引かん」

「じゃあ、そこで寝るの？」

「どーすっかのう。腹がくちくて考えるのが面倒じゃ」

とシノヅキは寝返ってだらーっと手足を伸ばしている。手足が無暗に長い。

「明日はダンジョン行きだろ。ちゃんと寝とかないとだるくなるぞ」

「へいへい。トーリはお母さんより口うるせえのう」

とシノヅキは面倒くさそうに体を起こした。

（お母さんて……まあ、でもシノさんたちにも親はいるんだよなあ）

当然の話であるが、生きている以上誰にでも親は存在する。シノヅキにもスバルにもシシリアにも、それにユーフェミアにも。

もしこのままユーフェミアと夫婦になる様な話になれば、いずれユーフェミアの両親には会う事になりそうだとトーリは思った。要するに挨拶《あいさつ》に行かねばならぬのだが、上位魔族だという父親に会うのは何となく恐ろしい気がしないでもない。

ともかく、今考えて悩む事ではない、とトーリは頭を振った。

ふと見ると、シノヅキがトーリの寝床でうつ伏せになっている。

「おい、そこ俺の寝床だぞ」

「ベッドに行けちゅうたんはおぬしじゃろ」

「自分の寝床に行けってんだよ！」

「ええじゃろ、別に。スバルの寝相が悪りぃで、あっちは寝づらいんじゃ」

そう言ってシノヅキはもそもそと枕に顔を埋めた。

「あのなあ、俺はどこで寝りゃいいんだよ」

「別に一緒に寝てもええぞ。抱っこしちゃろうか。わし、もっふもふで評判ええんじゃぞ」

「そりゃ犬の姿の時だろ」

「犬じゃねぇわ！　フェンリルじゃ！」

既にシノヅキのフェンリル族としての威厳は地に落ちて久しいが、犬扱いされるとシノヅキは怒る。怒る気持ちもわからないではないが、それならばもう少しだらけずに過ごしてくれればいいものを、とトーリは嘆息した。

機嫌を損ねたらしいシノヅキは、トーリに背を向けて寝床の上で丸くなった。動くつもりはないらしい。

トーリは肩をすくめ、予備の毛布を出してソファの上に広げた。そうして残り湯で体を温めようと風呂場に入った。

4. 転移装置

深まる冬は頭上の分厚い雲となって、いつの間にかはらはらと雪を降らし始めた。

ほんのりとした雪化粧がそこいらを真っ白に染めたと思ったら、軒先からつららが垂れ下がる。すっかり冬本番である。

廃都アルデバランの探索を事もなげに終えて帰って来たユーフェミアは、早速転移装置の仕上げにかかった。集中力を必要とする作業らしく、その間ユーフェミアはシシリアと二人で作業部屋に籠《こも》り、食事時に出て来た時は何となくくたびれていて、食事の準備や片付け、掃除をするトーリに無暗に甘えて、撫《な》でてもらったり抱きしめてもらいたがったりした。

今も洗い物をしているトーリの背中に、ユーフェミアが顔を押し付ける様にして抱き付いている。服越しに背中をくすぐる吐息が何ともむず痒《がゆ》い。

「……おいユーフェ」

「んー」

「そうされてると洗い物がしづらいんだが」

「ん」

「……なあ？」

を刻んだもので他者を転移させるのは神経を使うらしい。

「うにゅ」

離れる気配がない。トーリは諦《あきら》めて、次の皿を手に取った。

曰《いわ》く、ユーフェミア自身がその場で転移の魔法を使うのは簡単なのだが、術式を刻んだもので他者を転移させるのは神経を使うらしい。

失敗するとトーリが粉々になるというから、存分に時間をかけて丁寧に、安全第一でやってくれ、とトーリは真顔で頼み、甘えるユーフェミアを甘やかしてやった。トーリにはよくわからなかったが、そうする事でユーフェミアの鬱憤《うっぷん》が晴れ、やる気が上がるらしい。

その間にも気温は低くなり、雪は日ごとに量を増した。新しく作った池にも氷が張って、その上に雪が積もるから、油断をすると危険である。雪が中々なくならないのもあって、冬の外仕事は薪関係ばかりだ。しかしそれも積もる雪に妨害されている。

それを見越したわけではないが、夏から秋にかけて気合を入れて薪を準備したので、春までの燃料は余裕で足りそうであった。尤《もっと》も薪棚が外にあるから、家の中や風呂《ふろ》の焚口横の薪が少なくなったら、外から持って来て補充せねばならない。雪を掻《か》き分《わ》けて行き来するのは大変である。

シノヅキがフェンリルの姿になって外を走り回っている。無暗に楽しそうである。

それを窓の外を眺めながら、トーリはぼやいた。

「くそ、これじゃ薪の補充も面倒くさいな……」

「なんで?」

とソファでだらけていたスバルが言った。

「この雪だからだよ。出入りする間に雪まみれだし、道が雪に埋まっちゃって、歩くのも大変だし、雪搔《ゆきか》きしてもすぐ積もるしな」

「ふーん。相変わらずのざこざこおにいちゃんだね、ぷぷー」

「うるせえ、家事の苦労を知らん癖して偉そうに」

「雪ねぇ……」

とスバルは立ち上がって窓辺に来た。

「ボクが溶かしてあげよっか？」

「え？　あ、そうか。お前フェニックスだったたっけ」

「忘れてたのかコノヤロー！　おにいちゃんコラァ！」

スバルは頰を膨らましてトーリをぽすぽす殴った。

では、と上着を羽織ってスバルと外に出た。スバルはたちまちむくむくとフェニックスの姿になる。燃える翼が白い雪を赤々と照らした。

「お前の羽根、こんなに熱かったたっけ？」

『ふふん、誰かを乗せる時は加減してるんだよ。で、どこをどうするのー？』

「えーと、ここから玄関まで！　家を燃やさない様にしろよ！」

『はいはーい』

スバルが軽く翼をはばたかせると熱風が吹いて雪が溶け、ぐしゃぐしゃした地面が見え始めた。スバルの熱気が降って来る雪さえ地面につく前に溶かしてしまう。軒先から垂れていたつららからぼたぼたと水滴が垂れて、屋根の上の雪が怪しい音を立てた。

「スバル、ストップ！　屋根の雪が落ちる！」

『はえ？』

しかし時すでに遅く、スバルに向かって大きな雪の塊が落っこちた。

『ぶえっ！』

「お、おい、大丈夫か？」

『もっと早く言えよ！』

スバルは翼をばたばたさせて怒った。かかった雪がたちまち溶けて、しゅうしゅうと音を立てながら湯気になって立ち上る。何ともないらしい。魔界の幻獣が、大きいとはいえ雪の塊ごときでどうかなる筈《はず》もなかった。

ぬかるんではいるが、雪がなくなって歩きやすくなった。今のうちに、とトーリは薪を抱えて何往復もし、家の中の薪棚を満杯にした。

スバルはフェニックスの恰好《かっこう》のまま、外で遊んでいたシノヅキと合流して、二匹して雪の中で大はしゃぎしている。幻獣同士がじゃれ合っている光景は、何だか迫力がある。

「元気だなあ、あいつら……」

トーリが呆《あき》れて眺めていると、シシリアが出て来た。

「あら、賑《にぎ》やかかねえ」

「まあね。でも家の中で騒がれるよりはいいかな……ユーフェは？」

「お昼寝中よぉ。もう少しで装置もできそうだから、楽しみにしててね、トーリちゃん」

「おお、そりゃお疲れ。後でお茶でも淹れるわ」

「うふふ、よろしくねえ。わたしもちょっと遊ぼうかしらぁ」

とシシリアが両手を前に出して、人形繰りの様に指を動かした。すると向こうの雪がもこもこと膨れ上がって、巨大なスノーゴーレムになった。ゴーレムは太い両腕を振り上げて、はしゃいでいた幻獣二匹に襲い掛かった。

二匹はちっとも動ずることなく、むしろ嬉《うれ》しそうにそれを迎え撃ち、庭先は怪獣大合戦の様相を呈した。

『わははは！　シシリア、もっと強いのをよこさんかい！　歯ごたえがねえぞ！』

『そうだよー、ボクの炎で全部溶けちゃうぞー』

「はいはい、ちょっと待ってねぇ」

「もっと遠くでやってくんない？」

あまり庭先で大暴れされると畑が荒れそうで、トーリが玄関先ではらはらしていると、背中に柔らかいものがぶつかった。ユーフェミアがぐりぐりと頭を押し付けて来る。

「あれ、お前昼寝じゃ……」

「んー……」

ここ最近は万事受け答えもこんな調子である。集中力と繊細な作業の代償なのか、言語中枢がマヒしている様に思われる。トーリは嘆息しながら、猫の様に甘えて来るユーフェミアを撫でてやった。

そんな風にしながら数日経ち、いよいよ転移装置が完成した。

見た目は小さなペンダントである。金属の枠組みの中に、幾種類かの魔石がはめ込まれて、そこに細かい模様が彫られている。精巧な作りで、手渡されたトーリは思わず顔を近づけてまじまじと見入ってしまった。

「細かいなあ……ユーフェ、お前がやったのか？」

「うん」

作業から解放されたユーフェミアは、表情こそ同じだけれど、何となく晴れ晴れとした顔をしていた。声も朗らかな響きがある。

ユーフェミアはトーリの後ろから肩に顎《あご》をのせてペンダントを覗《のぞ》き込んだ。

「金属の加工はシシリアがやった。魔石の加工は二人でやって、術式の刻みはわたしすごい？　と自慢げに鼻先をトーリの耳に擦り付ける。

「汗かいてる。どうして？」

「台所にいたから……ちょ、あんま顔近づけんな、くすぐったい」

柔らかいしいいにおいはするし恥ずかしいしで、トーリは首をすくめ、それとなく身をかわした。

「ど、どうやって使うんだ、これ？」

「首にかけて、それで……」

トーリは立ち上がってペンダントを首にかける。

「それでね、手に握って」

「こうか」

胸の前で握り締めると、ペンダントは手の中でほんのりと熱を放つ様に思われた。

「えーと、それで？」

「魔道具を発動させる時みたいに魔力を込めるのよ、トーリちゃん」

とシシリアが言った。魔道具なんて久しく使ってないな、とトーリは眉《まゆ》をひそめながら、冒険者時代の頃を思い出す。

（えーと、起動させる魔道具の方に意識をやって、力が流れるのを意識して……）

じわりと手の中のペンダントの熱が増した。不意に足元に魔法陣が光った。と同時に体が引っ張られる様な感覚があったと思ったら、周囲の景色がまるで早回しの様に移り変わった。冬景色が白と黒の筋になってトーリの周囲を渦の様に取り巻く。地面を踏む感触が消えて、何だか空を飛んでいる様に思われる。目が回る様な心持である。

「うっ！」

気づいたら路地裏にいた。真珠色の空からは雪が舞っていて、それが風に乗ってびゅうびゅうと吹き抜けて行く。表通りの喧騒《けんそう》が遠くに聞こえ、張り出した軒先に積もった雪が一掴《ひとつか》みばかり、ぼさりとトーリの頭に落ちた。口から吐く息が真っ白だ。

「ア、アズラク……？　うっわ、さむさむさむ！」

とトーリは両腕で体を抱く様にして足踏みした。家の中からすっ飛んで来たから、外套《がいとう》はおろか上着も着ていない。いつものシャツにエプロン、頭にタオル巻きの恰好である。しかも直前まで台所で料理をしていて、キッチンストーブの熱気で汗をかいていたから、それが外気で一気に冷やされて体温を奪って行く。加えて吹き付ける風が肌に痛い。

「やばい凍え死ぬ！　かかか、帰るには……！」

急激に体が冷えて歯の根も噛《か》み合わぬ。トーリはペンダントを握り締めて、家、家、と念じながら力を込めた。

果たして再び周囲の景色がぐるぐると回り、ぎゅうと引っ張られたかと思ったら、温かな家の中に立っていた。ユーフェミアと従魔たちが面白そうな顔をしている。

「おかえり」

「ささ、寒いッ！」

トーリはひいひい言いながら暖炉の前にかがみ込んだ。ユーフェミアがその背中にもふっと覆いかぶさる。

「つめたい」

「あたっ、当り前だろ！　あんな突然行くとか、聞いてないっての！」

「やり方を教えたらそのまま飛んで行くなんて、トーリちゃんってばせっかちさんねぇ」

とシシリアは笑っている。

あれ、これ俺が悪いのか？　とトーリは首をかしげつつ、かじかんだ両手を火にかざして暖を取った。

ユーフェミアはトーリの後ろから手を回す様にして抱き付いた。むぎゅうと体をくっつけようとするから、自然と体重がトーリにかかる。前のめりに倒れかかったトーリは悲鳴を上げた。

「うおおっ！」

「あっためてあげる」

「ま、待て、押すな！　火に突っ込む！」

トーリが慌てて体をのけぞらせると、ユーフェミアの方が「にゃ」と言って仰向けにひっくり返った。

「わ、悪い、大丈夫か？」

「ん」

とユーフェミアは両腕を伸ばす。トーリは嘆息して抱き起してやった。ユーフェミアは満足そうにトーリの背中に手を回してさすった。

「使い方、わかった？」

「おう、とりあえずな……でもあれ、転移先に人がいたり物があったりしたらどうすんだ？」

行先で人や物にかぶったり、壁の中にいる状態になったりしたら目も当てられまい。それに、突然目の前に人が現れたり消えたりしては騒ぎになりはすまいか。

そう言うと、ユーフェミアは自慢げに鼻を鳴らした。

「平気。転移先の索敵結果に応じて座標は自動的に微調整される様にしてある」

「その辺の調整が難しかったわねえ。でも演算も正確だし、転移前後の認識阻害も問題なく機能してるみたいで、安心したわぁ」

理屈はわからないが、行先に人や物が重ならない様になっているし、転移しているのを見られても、見た方が不自然に感じない様な、一種の幻術に近い効果を及ぼすものもセットで組み込まれているそうである。ユーフェミアはきちんと丁寧に術式を組み立ててくれたらしい。

ひとまず粉々になる心配はなさそうだな、とトーリはホッと胸を撫《な》で下《お》ろした。

「じゃあ、これで一人でもアズラクに行き来できるって事だな?」

「そうだよ。でもたまには一緒に町に行こうね」

とユーフェミアはトーリに抱き付いたまま、言った。トーリは苦笑しながらユーフェミアの背中をぽんぽんと叩《たた》いた。

「わかったわかった」

「でもトーリちゃん、一人だからってえっちなお店とかに行っちゃ駄目よぉ? 欲求不満ならお姉さんが相手してあげるからねぇ」

とシシリアがからかう様に言って、豊満な胸を寄せた。トーリは呆れた様に嘆息した。

「行くわけねえだろ、そんなもん……なんだよ」

「シシリアじゃなくて、わたしが相手する……いつでもいいよ?」

「やめろ馬鹿、変に意識させるんじゃねえ!」

あっけらかんと言いやがって! とトーリはユーフェミアを小突いた。ユーフェミアはむぎゅむぎゅ言いながらトーリに抱き付き直した。

○

日が落ちて、夕飯も終えて、気だるい夜の時間が来た。日が落ちてから再び降り始めた雪が窓の向こうで舞っている。しかし居間は明るく、窓の外を見ようにも自分の顔ばかり映るから、顔を近づけて覗き込まなくてはいけない。

「なんか見えるのか？」

とトーリが言った。窓を覗き込んでいたユーフェミアは振り返る。

「雪」

「ああ……また降ってるみたいだし、明日も雪掻《ゆきか》きかなぁ……」

トーリはぶつぶつ言いながら暖炉に薪をくべている。胸にかけられた転移装置に火の揺らめきが照り返すのを見て、ユーフェミアは頬を緩めた。

屋敷の中はユーフェミアの魔法によって常に快適な温度に保たれているものの、降り積もった雪が周囲からじわじわと冷気をしみ込まして来るから、何となく底冷えがする様な気分になる。暖炉で火が燃えているだけでも随分ホッとするものだ。

ユーフェミアはふあと欠伸をしてから、暖炉の前に腰を下ろした。暖炉の前にはクッションが置かれていて、そこで火を眺めてぼんやりする事ができる。冬の寒い時期などは、ユーフェミアはここにいる事も多かった。

シシリアは本を読み、シノヅキとスバルはソファでじゃれ合っている。

ユーフェミアは膝《ひざ》を抱える様にして、揺れる火を眺めた。一時として同じ形に留まろうとしない。

冬の晩というのは、他の季節よりも何だか深く静かな様な気がした。実際、雪が音を吸ってしまうからなのか、使い魔たちが騒々しくても、その裏側に静寂の気配が常に潜んでいる様に思われた。

昔、まだこの屋敷に一人きりで夜を越した時は、のんびり屋のユーフェミアらしくもなく、妙に寂しく、不安になったものだ。

今は使い魔連中がいて賑やかだし、トーリはいるし、ちっとも寂しくはない。

ユーフェミアはちらと台所を見た。ごそごそと物音がしている。トーリが何かやっているらしい。

「むー……」

ユーフェミアは口を尖らした。翌朝の食事の仕込みなのだろうけれど、あんな風に働いてばかりではなく、隣に座って欲しいなあと思った。

やがて音が止み、トーリが手を拭《ふ》き拭き台所から出て来る。

「トーリ」

「あん？」

ユーフェミアは横に置いたクッションをぽふぽふと平手で叩いた。

「なに？　座れって？」

「ん！」

トーリはエプロンを外しながらユーフェミアの隣に腰を下ろした。ユーフェミアはトーリの肩に頭を乗せる様にして寄り掛かる。トーリは小さく身じろぎした。

「動いちゃだめ」

「くすぐったいんだよ」

「我慢して」

「はいはい……」

と、トーリは苦笑いを浮かべながらユーフェミアの頭をぽんぽんと撫でた。

「えへ」

ユーフェミアはぐりぐりとトーリの肩に頭を擦り付けた。冬なのに、ほんの少し汗ばんだにおいがした。ずっと動き回っていたからだろう。

色々と煮え切らないところのある男だが、そういうところも含めてユーフェミアはトーリが好きだった。不器用なのは性格なのだろう。それでも、こういう風に甘えても応えてくれるから嬉《うれ》しい。冬はくっついても暑くないのがいい、とユーフェミアは思った。むしろぬくぬくとして気持ちがいいくらいだ。

再三一緒に寝ようと要求しているのに、トーリはそれだけは応えてくれない。前に寝ているトーリの寝床に潜り込んだ時は、それはそれは幸せであった。安心感と言い換えてもいいかも知れない。

ユーフェミアは猫の様にごろごろとトーリに甘えながら、上目遣いでその顔を見上げた。

「一緒に寝ようよ」

「嫌だってば」

「どうして？」

トーリは困った様に眉をひそめた。

「そりゃお前……それにお前寝る時素っ裸じゃんかよ」

「それが嫌なの？」

「だからこう……意識しちゃうんだよ色々と。寝れたもんじゃないっつーの」

言いながらトーリは恥ずかしくなって来たのか、気まずそうにユーフェミアから視線を逸らした。

そういうものなのかしら、とユーフェミアは欠伸をした。同衾《どうきん》するのは夫婦になってからという事だろうか。それならば早く夫婦になりたいなと思った。

5. 製薬依頼

分厚く降り積もっていた雪が次第に薄くなり、段々と陽気が温かくなっていた。

庭先の雪は既に解け始めて地面が見え、冬の間は小屋の中にいた鶏やアヒルたちが外に出て、嬉《うれ》し気に土を引《ひ》っ掻《か》き回している。

見えている土は雪と混ざってぐしゃぐしゃとぬかるんでおり、歩くと靴を汚す。

雪の間から覗《のぞ》く葉野菜を収穫しながら、トーリは辺りを見回した。そろそろ果樹などの苗木を植え付けてもいい頃だ。野菜と違って長々とそこに突っ立つ事になるのだから、場所を慎重に決めなくてはならない。野菜と同じ感覚で植えると、大きくなってから木と木の間が狭くなったりするから注意を要する。

池は雪解け水をたっぷりとたたえ、水路を通って川へと流れ込んだ。氷が浮いているのに、アヒルたちは悠々と浮かんで満足そうに羽をつくろっている。

そこいら一帯の落葉樹の枝枝には、新芽や花のつぼみがぷっくりと膨らみ出し、朝晩の冷え込みも以前ほどではない様に思われる。起きて、外の井戸へ行く時に、トーリは日ごとそれをひしひしと感じた。

やがて雪がすっかり解けて、遠い山々の肌に白く残るだけになると、地面からは次々に草の芽が萌《も》え出して、殺風景だった原野に生命の気配が満ちて来た。晴れ間が続く様になり、地面のぬかるみもいつの間にかおさまった。

久しぶりに青空の下で洗濯物を干していると、もう日差しは春のものである。ぽかぽかと肌に温かく、吹く風も刺す様ではない。

洗濯物のはためく傍らで、ユーフェミアが地面に敷いた布の上に寝転がっていた。地面をスバルの炎ですっかり乾かしてからその上に布を敷き、クッションやタオルケットなんかを持ち出して来て、幸せそうにひなたぼっこをしている。その隣には揺り椅子が置かれて、シシリアがそこに腰かけて本を読んでいる。

スバルはフェニックスの姿で屋根の上におり、シノヅキはフェンリルの姿で寝そべっていた。何となくのんびりした日である。

洗濯物を干したら昼食の支度を、とトーリが考えながら籠《かご》を抱えると、黒い小鳥がぱたぱたと飛んで来てユーフェミアの頭にとまった。手紙を咥《くわ》えている。ユーフェミアの使い魔だ。

ユーフェミアは薄目を開けて体を起こし、大きく欠伸をした。

「あら、お仕事？」

とシシリアが言った。手紙を広げて、ユーフェミアはまた欠伸をした。のろのろと立ち上がる。

「お仕事。魔法薬が急遽《きゅうきょ》欲しいんだって」

「期限は？」

「三日後。内服薬と外傷薬、それぞれ二十以上なら数は問わないって」

『なんじゃい、急じゃのう』

と寝そべっていたシノヅキが言った。

「納期は一ケ月以内ならいいって書いてあるけど、三日以内に納品できれば代金が跳ね上がるの。だから早くやっちゃう。材料のストック確認するから、シシリア手伝って」

「りょうかーい。うふふ、最近のんびりしっぱなしだったから、腕が鳴るわねぇ」

「シノとスバルはちょっと待ってて。足りない材料を後で集めに行くから」

『あいよ』

『はーい』

「急にばたばたし出したな。昼は普通に作っていいのか？」

とトーリが言うと、ユーフェミアは「うん」と頷《うなず》いた。

「お昼食べて……もしかしたらそのまま出かけるかも」

「マジか。今日中に帰って来そう？」

「材料次第」

と言ってユーフェミアはシシリアと一緒に家の中に入って行った。工房にある材料を確認するのだろう。

トーリは空の洗濯籠を重ねて家の中に入った。昼食の支度と、もし夜まで食い込むとなれば、出かけるユーフェミアたちに何か軽食でも持たせてやらねばなるまい。

転移装置のおかげで気軽に買い物に行ける様になったので食材は沢山ある。パンも豊富に買い込んである。今までは次の買い物の前になると食材のやりくりが大変だったが、今は思い立った時に買い物に出かけられるので大変便利がいい。

丸パンを半分にして、間に焼いた肉や燻製《くんせい》、茹《ゆ》でた野菜などに味をつけて挟んでおく。それをいくつも作ってバスケットに入れた。いつもの様に朝仕込んでおいた生地を麺《めん》にして、塩漬けの魚と根菜を煮込んだソースで絡める。豆と燻製肉でスープをこしらえ、パンも添えてやった。食卓を囲みつつ、ユーフェミアは材料を確認していた。メモ用紙をテーブルに広げながら麺をすすっている。

「薬草は大体ある。モンスターの素材がちょっと足りないから狩って来ないと」

「毒虫系はシノとスバルには不向きねえ。こっちはわたしがやるわぁ」

「タケセオイとハクリンはわしがやっちゃろう」

「んじゃボクはシビレフウセンだね。飛ぶ相手だし、丁度いいっしょ」

タケセオイは大きな四足のモンスターで、猪とカバを合わせたものに見える。頭から背中にかけて分厚い皮に覆われて、それが非常に硬く丈夫である。年月を経るにつれてそこに苔《こけ》がむし、茸《きのこ》が生える。タケセオイの名はここから来ている。この茸が妙薬で、貴重なものとして知られているのである。

ハクリンは白い鱗《うろこ》を持つ亜竜で、人間の生活圏に現われでもしたらたちまち討伐対象に指定される。それだけ獰猛《どうもう》で危険なモンスターだ。息の根が止まっても心臓だけは一日打ち続けるというくらい生命力があり、そのせいか血液に強い強壮作用がある事が知られている。

シビレフウセンは、見た目は半透明の巨大なクラゲで、それが空中に悠々と浮かんでいる。幾本もの触手が垂れ下がっていて、細かな毒針があり、触れると体がマヒする。体を覆う粘液に薬効があり、煮溶かすと止血剤として非常に有効なだけでなく、薬剤を混ぜるのに丁度よい触媒となるのだ。

どれも辺境の奥の魔境と呼ばれる所にしか生息していないモンスターで、白金級《プラチナ》のクランであっても、入念な準備と計画を立てて赴かねばならぬ。しかしユーフェミアたちにはそんな事はやっぱり関係ないらしい。

慌ただしい昼食を終えて、ユーフェミアたちは出かける支度をした。

「精製に一日かかる。調合にも一日。だから今日中に材料を集めたい」

と言った。フェンリル姿のシノヅキがふんと鼻を鳴らす。

『なぁに、余裕じゃわい。さっさと行くぞ』

『とりあえず魔境の奥まで行って、それから手分けしてだねー』

「そうねえ。獲物がすぐ見つかってくれればいいのだけれど」

「ユーフェ、これ持ってけ」

変身しようとしていたユーフェミアに、トーリは大きなバスケットを渡した。ユーフェミアは首を傾げる。

「なぁに、これ？」

「今日中に帰れるかわからないんだろ？　簡単に弁当作ったから、小腹空《す》いたら食え」

「おお……嬉しい」

ユーフェミアはぽふんとトーリに抱き付いた。トーリはぽんぽんと背中を撫《な》でてやった。

「お留守番、よろしくね」

「おう、気をつけてな。無理すんなよ」

「うん」

ユーフェミアはバスケットを掲げて「お弁当」と言った。従魔たちが目に見えて高揚した。

一行を見送り、トーリはふうと息をついた。抜ける様だった空に微かに薄雲がかかり、少し影が長くなった。空模様からして雨にはならないだろうが、あと少ししたら洗濯物を取り込まねばなるまい。

○

早春を迎えつつあるアズラクの町は相変わらずの賑《にぎ》わいで、日々商人や職人、冒険者が出入りして、都にも劣らぬ人の往来があった。

冒険者の数は日増しに増えているが、辺境に近いアズラク周辺は元々モンスターやダンジョンも多く、仕事には事欠かない。しかも最近になってかなり規模の大きなダンジョンが発見されたせいで一種のバブル状態となっており、冒険者ギルドは朝から晩までてんてこ舞いの大忙しである。

そんなアズラクの冒険者ギルドにおける二大巨頭は〝白の魔女〟と『蒼の懐剣』だ。前者はソロの冒険者、後者はクランで、それぞれがアズラクでトップクラスの実力を持っていると言われているが、『蒼の懐剣』のメンバーは一様に「〝白の魔女〟には敵わない」と言う。実際、彼らは〝白の魔女〟とその使い魔たちから稽古《けいこ》を受け、それで大幅に実力を上げた。

大悪魔レーナルドを討伐するという大金星を挙げた『蒼の懐剣』だったが、それに驕《おご》る事なく日々熱心に依頼をこなして、変わらずアズラク一のクランの地位を保っている。

ただ、押しも押されもせぬ地位にいるのが普通になって来てしまったせいか、内部の者にしかわからないたるみの様なものも出て来たらしく、以前よりもやや緊張感が薄れているのも確かだった。

その『蒼の懐剣』のまとめ役の一人である剣士アンドレアは、ギルドの受付で依頼の一覧を眺めていた。最近ここのカウンターに回って来た若い受付嬢が口を開く。

「いかがですか、アンドレアさん。この辺りは白金級《プラチナ》の方でなければ難しいかと」

「そうだな……これと、これの詳細をもらえるか？　持ち帰って仲間と検討する」

「ええ、すぐお持ちしますね。でも、ジャンさんが脱退されて残念でしたね」

アンドレアは口端を緩めた。

「あいつは目的を達したからな。あとは故郷の為に力を尽くしたいんだとさ」

「本当に真面目な方ですねえ……でも、あの方が抜けてからも戦力的にちっとも落ちないのが流石『蒼の懐剣』って感じですよ」

と受付嬢はちょっと興奮気味に言った。アンドレアは苦笑する。

「冒険者の数も増えているからな。俺たちも頑張らねばすぐに追い越される様な気がしているよ。最近は緊張感も薄れてしまっているし」

「そんな！　『蒼の懐剣』以上のクランは中々出て来ませんよ。だからギルドも全面的に支援しているんですから！　あっ、でも戦力増強は勿論《もちろん》大歓迎ですよ」

と受付嬢はちょっと声を潜めてアンドレアに顔を近づけた。

「その、噂なんですけど、〝白の魔女〟さんの所に、アンドレアさんの昔のお仲間がいらっしゃるとか？」

アンドレアは面食らった様に目をしばたたかせた。

「確かにそうだが……誰から聞いたんだ？」

「誰からというか、噂になっていたんです。魔窟《まくつ》の管理をしているとか、〝白の魔女〟とその仲間が全幅の信頼を置いているとか……でも戦力外として『蒼の懐剣』に参加できなかったとか」

「……そうだな。トーリは俺たちの仲間で、恩人だ。確かにユ――〝白の魔女〟の所にいて、楽しそうにやってるよ」

「わ、やっぱりそうなんだ……『蒼の懐剣』のマネージャーのアルパンさん、ギルドマスターからしこたま怒られちゃってて」

「ああ……」

クラン合併後、アルパンは『蒼の懐剣』のマネージャーとして情報整理と会計、人事の管理、諸々の事務仕事や依頼主との交渉などを請け負っていたが、トーリを解雇する最終判断を下したのも彼であり、そのせいでギルドマスターから「見る目がない」と叱責されていたらしい。

アンドレアは苦笑しながら口を開いた。

「アルパンは悪くない。確かにデータを見る限りトーリは『蒼の懐剣』に参加できるだけの実力はなかったからな。実際、俺たちだってそう判断したよ」

「えっ、だけど〝白の魔女〟さんは……」

「まあ、色々あってな。今じゃあいつも俺たちも納得済みだよ」

「あのう、トーリさんは復帰の意思とかないんですかね？」

「ないだろうな。あいつは今いる所がすっかり気に入ってるみたいだし……」

「そうですかあ、残念だなあ……」

アンドレアはふっと笑って、依頼の詳細を受け取って踵《きびす》を返した。

しかし振り向きざまに、どん、と明らかに肩を当てられてアンドレアは眉《まゆ》をひそめた。

「なんだ、お前たちは？」

立っていたのは、冒険者らしい一団である。鮮やかな黄色い長髪をなびかせた美形の男を先頭に、顔をすっぽり隠すヘルムをかぶった大柄な男が後ろに控え、その後ろには軽鎧《けいよろい》を着た一団が控えている。

「やあ、やあ、これは失礼！　君が『蒼の懐剣』のアンドレアだね？」

黄髪の男が朗らかに言った。親し気だが、明らかな嘲《あざけ》りの気配があった。

「そうだが」

「お初にお目にかかる。我々は『破邪の光竜団』。セリセヴニアを拠点にしていたが、この度アズラクに拠点を移そうとやって来たのだよ。僕は副団長のクリストフだ」

とクリストフは大仰な身振りで言った。背が高く、顔立ちが整っているから、芝居がかった身振りも妙に様になる。

『破邪の光竜団』といえば、別の地方で名を上げていた白金級《プラチナ》のクランである。飛竜を自在に操る竜騎士の集団で、その特性から特に空中戦に秀でていると専らの噂だ。弓や槍《やり》などが中心の装備を見るに、竜に騎乗して自在に跳び回りつつ、弓や投《な》げ槍による遠隔攻撃で相手を仕留めるのだろう。

アンドレアは肩をぱんぱんと手で払った。

「聞いた名だ。こんなに礼儀知らずとは知らなかったがな」

「いやあ、アズラク最強と名高い『蒼の懐剣』ならば、気配を読めると思ったんだがね！　どうやら思ったより弱い様だ、失礼したよ！　痛かったかい⁉」

「まあな。仲直りでもしようか」

とアンドレアは手を差し出した。そうしてそれをクリストフが握り返すや否や、ぐっと力を入れて腕をねじり上げた。そのまま肩を押して上へと力を込めると、クリストフは派手に回りながら宙を舞った。アンドレアはくっくと笑う。

「どうした？　ここは曲芸をする所じゃないぞ」

後ろにいた『破邪の光竜団』のメンバーたちがいきり立って武器に手をやる。

受付嬢が慌てた様に口を開いた。

「やめてください！　冒険者同士の私闘は厳禁です！　資格をはく奪しますよ！」

『破邪の光竜団』は武器から手を放す。アンドレアが手をひらひらと振った。

「心配するな。ただのじゃれ合いだ」

派手に宙を舞ったクリストフは、何とか上手く着地した。そうして額に手をやって小さく頭を振る。目が回っているのか、足元が少しふらついている。

「や、やってくれるね……しかし僕をいなしたくらいでいい気にならない事だ。団長！」

しんとしている。怪訝《けげん》な顔をしているアンドレアの前で、クリストフははてと首を傾げた。

「団長？　あ、また！」

陰にいて気づかなかったが、何だか幼い少女がうつらうつらしながら立っていた。十歳くらいにしか見えない。背は低く、クリストフの腰の少し上くらいまでしかない。フードをかぶって、二つ結びに束ねて垂らした艶《つや》やかな黒髪がはみ出していた。手には弓を持っている。

クリストフは少女の肩を掴《つか》んでゆすぶった。

「団長、団長！　起きてください、我々の面子の危機ですよ！」

「んん……」

少女はぼんやりと目を開けて、ふあと欠伸をした。

「……なんだよ」

「アズラクのクランですよ。『蒼の懐剣』！　こっちでも一番になるんでしょうが、寝てる場合か！」

クリストフはぺちんと少女の頭を叩《たた》いた。少女はむにゃむにゃ言いながら目をこすり、紫色の瞳《ひとみ》にアンドレアを映した。ちょこんと会釈する。

「……ども。ロビンっす」

「アンドレアだ。あんたが『破邪の光竜団』の団長？」

「そうっす。ヨロシクっす」

と手を差し出して来る。さて、どう来るか、とアンドレアはその手を取った。

急に視界が回った。投げられた、と理解する前に、体が勝手に身をよじっていた。背中から落ちる体勢だったのが、両足で着地する。

ロビンが感心した様に小さく口笛を吹いた。

「やるっすね」

「生憎と、規格外のに鍛えられたもんでな。しかし合気か。やるな」

とアンドレアは肩を回して小さく笑った。ロビンの表情がぴくりと動く。

「知ってるんすね」

「ものにはできなかったが、鍛錬した事はある。魔力の扱いが上手いな、あんた」

合気は体の力だけではなく、魔力も利用して相手に干渉する格闘術の一種である。屈強な体格をしているアンドレアが、十歳くらいにしか見えないロビンに軽々と投げ飛ばされたのはその為だ。

ロビンは弓を担ぎ直した。

「とりま、アズラクでも天辺取らしてもらうんで、覚悟しとくといいっす」

「……やれるならやってみるんだな。無駄だと思うが」

とアンドレアが言うと、クリストフが笑い出す。

「なんだい、強がりかい？　はっははは、『蒼の懐剣』なんてのは大した事がなさそうだな！　こ

の分ならアズラク最強の座はすぐ我々のものになるだろうね、はーっはっはっはっがッッごほっ！　げえーっほげっほ！　オッホゴェッホ！　グェッホンッ！　カァァァァゴアッッ‼」

「副団長！」

「副団長しっかり！」

むせ返って死にそうになっているクリストフを一瞥《いちべつ》もせず、ロビンはアンドレアを見たまま、怪訝そうに目を細めた。

「あんた、『蒼の懐剣』のまとめ役っすよね？　他にもっと強いのがいるんすか？」

「そもそもアズラク最強の冒険者は俺たちじゃない。お前らじゃ〝白の魔女〟の足元にも及ばんよ」

ロビンはムッとした様に顔をしかめた。

「……誰が相手でも関係ないっす。お前ら、行くよ」

そう言って、ロビンは踵を返す。後に『破邪の光竜団』のメンバーがぞろぞろと従って行く。アンドレアは服の埃《ほこり》を払った。受付嬢がおずおずと声をかける。

「あの、大丈夫でしたか？」

「何ともない。騒いで悪かったな」

「すみません、止められないで……」

「構わん。素手でどつき合うくらい、冒険者には喧嘩《けんか》のうちに入らん」

アンドレアは依頼の紙を見、破れていないのを確認してポケットにしまった。

「あいつらは、最近来たのか？」

「ええ、まだ十日も経っていないかと。でも流石、セリセヴニアの白金級《プラチナ》ですよ。来てすぐにたちまち戦功を上げていて、確かにアズラクでも間違いなく上から数えた方が早い実力派クランです」

「そうか。まあ、俺たちにも張り合いができていいさ」

と言うアンドレアに、受付嬢は心配そうに尋ねた。

「でも……でも、もし戦功で追い抜かれたら、ギルドの力の入れるクランが変わってしまうかも……ただでさえ、他地域から名のあるクランが流入していますし」

最近は『破邪の光竜団』に限らず、他地方から移って来る白金級《プラチナ》のクランは多い。まだ日が浅いせいでアズラクで実績が上げられてはいないが、実力は『蒼の懐剣』にも比肩しうる者も多い。アンドレアはふっと笑った。

「そうなった時はそうなった時だ。実力で負けているならば申し開きもしない。まあ、負けるつもりはないがね」

「そうですか……でもギルドが他の有名クランに期待しているのも確かで、特に『破邪の光竜団』には早速難易度の高い仕事も回しているんです。それを期待以上の水準で完遂していますし」

飛竜は単なる戦力だけではなく、移動手段としても有効である。辺境に接しているアズラクでの冒険は、交通路の整備されていない所へ出向く事もあり、馬車などが利用できないケースも多い。徒歩で数日かけて現場へと赴き、その上で仕事を行って再び徒歩で帰って来るのは大きな負担だ。周辺にダンジョンやモンスターが多いにもかかわらず、大規模探索や高難易度討伐戦が頻繁に行われない大きな理由である。

しかし飛竜がいれば目的地までひとっ飛びだ。移動時間も減るし疲労も溜《た》まらない。だから次々に難易度の高い仕事を受けられるのだろう。

アンドレアは肩をすくめた。

「ふむ……まあいいさ。アズラクも実力者が増えるのは悪い事じゃないだろう」

「それはそうですけど……」

と受付嬢はもじもじしている。彼女個人は『蒼の懐剣』を応援する意思があるのかも知れない。

アンドレアはくっくと笑った。

「そう気にするな。いずれにせよ、アズラク最強が〝白の魔女〟なのは揺るがんさ」

アンドレアはそう言ってギルドの外に出た。

往来が騒がしい。ちょうど『破邪の光竜団』の連中が飛竜に乗って飛び去って行くところだった。

それを見つめながら、アンドレアはぽつりと呟《つぶや》いた。

「……実際、ユーフェミアたちがいる限り、アズラクで天辺を取るのは無理だろうな」

6. 納品に行く

「……これ、触って大丈夫なのか？」

「うん。刻んで鍋《なべ》で煮ておいて」

とユーフェミアが言って、シシリアと一緒に種々の瓶を持って奥の工房に入って行った。トーリは庭先に出したテーブルの上で、やや緊張気味にシビレフウセンの身を包丁で切り刻む。ぬるぬるしてて、気をつけないと刃が滑る。

傍らではかんかんと火が焚《た》かれていて、大鍋《おおなべ》がかけられている。そこに刻んだシビレフウセンを入れて煮溶かすのである。溶けたものは瓶に移して、後で他の材料と調合するらしい。

「ええい、相変わらず人間のおててはやりづらいのう！」

トーリの手伝いを押し付けられた人間姿のシノヅキが、包丁を片手にぶつぶつ言っている。シビレフウセンは粘液があって滑るから、少し扱いづらいのである。包丁を押し当てるとつるりと滑って体に当たったり、粘液がこぼれて来たりするから、服が濡《ぬ》れてすっかり肌にくっついて、シノヅキの均整の取れた体つきが実にはっきりわかる。

『あはは、シノがんばれー』

スバルはフェニックスの姿のまま翼を軽くはばたかし、笊《ざる》に並べられたタケセオイの茸《きのこ》に熱風を当てている。この茸は一度乾燥させてから煎《せん》じなければならないのだが、天日干しでは間に合わないので、こうしてスバルが乾燥機の役割を果たしている。

シノヅキはふんと鼻を鳴らす。

「どうせおぬしとて包丁は使えんじゃろ」

『ボクはフェニックスだから使えなくていいんですー』

「うっさいわ、わしとて誇り高きフェンリル族じゃぞ！」

「いいから手を動かしてよ、シノさん。間に合わねえぞ。この後ユワスグの種を割って中身を出さなきゃいけないんだろ」

トーリは面倒くさそうにそう言って、刻んだシビレフウセンを鍋に放り込んだ。

この煮溶かしたシビレフウセンに、他の素材を混ぜ込んで冷やしたものが外傷薬になるらしい。どろどろしたそれを傷口に塗ると表面に膜が張った様に固まり、止血と痛み止めの効果を発揮し、保湿されたまま薬効成分が傷に浸透するそうで、治りが非常に早いという。

そういえば、冒険者時代にそういう薬があった事をトーリは思い出した。製薬は門外漢だったから、原料が何かなどとは考えた事もなかったが。

その日は一日かけて材料を精製した。トーリ、シノヅキ、スバルの三人が選別だとか胚《はい》の取り出しだとか煮溶かしだとか、そういった大雑把な下ごしらえをやって、蒸留や高度精製などの難しい部分は、専門家であるユーフェミアとシシリアが行った。材料の種類が多いので、これだけでかなりの大仕事である。

「ユーフェ、ユワスグの種の中身……うわ、すげえ」

下処理を終えた素材を笊に山盛りにして、寝室を通り抜け、初めてユーフェミアの作業場に足を踏み入れたトーリは、壁中に並んだ瓶と、何種類もの不思議な道具に息を呑《の》んだ。

部屋の向こうには炉があって、その上には大鍋がかけられている。上には煙受けがあって、鍋からはもうもうと湯気が立ち上っているが、外に煙突があった覚えはないし、この部屋に薪を持って来た覚えもない。何か別の仕掛けがされている様だ。

「そっちに置いといて」

とユーフェミアは蒸留装置らしい道具をいじりながら言った。普段はぼんやりしているのに、今日は何だかてきぱきと手際が非常にいい。

シシリアはフラスコを片手に目を細め、メモリに合う様に何か液体を計っている。集中しているらしい。

材料を置いたトーリは遠慮がちに言った。

「えー、と、昼飯はどうする?」

「簡単なのがいい。ここで食べるから持って来て」

「お、おう」

顔付きも精悍《せいかん》な様に思われ、何だかユーフェミアが別人の様に頼もしく見える。トーリは何となくドギマギしながら、具挟みのパンを作るか、と台所に入った。

そうして材料の準備を終え、翌日になってその材料を調合する段である。そうなるともうトーリたちの出る幕はない。作業部屋に籠《こも》ったユーフェミアとシシリアに任せ、材料の下ごしらえで散らかった居間や庭先を掃除し、そうしていつも通り家事に邁進《まいしん》した。シノヅキとスバルはいつも通り外で遊んだり、部屋でだらけたりしていた。

それでようやく調合まで済んで、納品する薬の数が揃《そろ》ったのは納品の期日の午前である。ユーフェミアはすっかり疲労困憊《こんぱい》していた。調合はほんの少し量を間違えると効果が大幅に変わってしまうので、かなり神経を使うそうだ。材料集めから精製、調合とほとんど休まずに続けたせいもあり、少し寝不足の様な表情である。昼食もあまり食べなかった。

「お疲れ。大丈夫か？」

「ん……」

ユーフェミアはふうと息をつき、座っていたソファに深く体をもたせた。

「疲れた」

「そうだろうな。甘いものでも食うか？　ホットミルクもできるぞ？」

ユーフェミアはふるふると首を横に振って、トーリに向かって腕を伸ばした。

「ん」

「ああ……はいはい」

トーリは身をかがめてユーフェミアを抱きしめた。薬品や材料のにおいの奥から、ユーフェミアの甘いにおいがする。ぽんぽんと背中を撫《な》でてやると、ユーフェミアは嬉《うれ》しそうに身をよじらし、静かになった。

「……ユーフェ？」

返事がない。はてと思って体を離すと、ユーフェミアはすうすうと寝息を立てていた。

トーリはユーフェミアを起こさない様にそっとソファに寝かしてやる。服を着ていると寝られないなどとのたまっていたが、流石にこれだけ疲労が溜まると眠ってしまうらしい。

「……いや、でもまだ納品してないよな」

と、トーリは箱に入った薬の瓶の方を見た。品物を持って行かねば依頼完遂とはなるまい。

「これ、持って行かなきゃだよな？」

「そうねえ」

食卓に座って食後のお茶をすすっていたシシリアが言った。このアークリッチも流石に少しくたびれた様な顔をしている。ユーフェミアと一緒にずっと夜通し集中していたのだろう。

ユーフェミアを起こすのは気が引けた。普段怠けているんだから、こんな時くらい最後まで頑張れという気がしていたトーリだったが、ユーフェミアの寝顔を見てしまうとゆっくり寝かしてやりたいと思う。

「……持って行くか。物がありゃ、納品は代行でもいいよな」

トーリとて役立たずだったとはいえ、白金級《プラチナ》のクランにいた経験はある。冒険者ギルドの事はよくわかっているし、依頼の手続きも知っている。身元不明の男が高価な薬を持って来れば怪しまれるだろうが、トーリも冒険者だったのだ。顔見知りの職員もいるだろうから、トラブルにはなるまい。

ひとまず片付けを済ましてからギルドに行ってみるかと思っていると、ソファの方でごそごそと衣擦れの音がした。見るとユーフェミアが寝ながら器用に服を脱ぎ捨てているところだった。

「おわわっ！」

トーリは慌てて自分の寝床から毛布を取ってユーフェミアにかける。その下から肌着が放り出され、ユーフェミアは毛布にくるまる様にもぞもぞと体を縮こめた。起きたわけではないらしい。ふみゅふみゅ言いながら幸せそうに寝息を立てている。

（いつものユーフェに戻った……）

いいのか悪いのか、それはわからない。何とも片付かない気分のトーリである。

部屋の整理を終えてから、薬瓶の入った箱を抱えて、トーリは外に出た。

今日もいいお天気で、シノヅキとスバルは幻獣の姿に戻って遊んでいる。もう辺りは春の陽気で、菜の花のつぼみが、取り残した根菜や葉野菜からするすると伸び上がっている。折り取れば食卓を彩るだろう。

『なんじゃ、出かけるのか』

とトーリに気づいたシノヅキとスバルがやって来た。

「薬の納品だよ。ユーフェが寝ちまって」

『ボクも行くー！　最近トーリ一人で行くばっかでつまんないんだもん！』

と言ってスバルが翼をばたつかした。

『ほんならわしも行こうかの。買い食いでもしちゃろ』

とシノヅキが人間の姿になる。

来るなと言うのも変だし、そう言って聞く筈《はず》もないから、大人しくしていろとだけ言い含めて、トーリはシノヅキと一緒にスバルの背によじ登った。

久々に転移装置以外でアズラクへ赴く。転移装置は一瞬だが、スバルの飛行は小一時間というところだ。町の郊外の野原に降り立ち、三人で町に行く。道端に並ぶ種々の露店にシノヅキもスバルも大はしゃぎである。

「串焼《くしや》きじゃ！　買ってよいか！」

「ボクあっちの肉まんじゅうがいい！」

「ギルドに行ってからだよ！」

全然大人しくしない。どたどたしながらもギルドに辿《たど》り着《つ》いた。

成る程、確かに冒険者が増えているらしく、ひっきりなしに人が出入りしている。トーリがユーフェミアの所に行く頃よりも賑《にぎ》わっている様に見えるのは、久しぶりに来たせいでそう感じるだけではないだろう。実際に人が増えているらしい事が窺《うかが》えた。

中も騒がしかった。

「なんじゃい、やかましい所じゃのう」

「ちょっと、トーリ、シノ、どこぉ？」

背の低いスバルが人ごみに流されて後ろの方で騒いでいる。

「シノさん、ちょっとスバル連れて来て。この奥の、あの、ほら、でかい看板かかってる所目指せばいいから」

「やれやれ、仕方がないのう」

とシノヅキが人ごみを掻《か》き分《わ》けて戻って行くのを見て、トーリは箱を持ち直してカウンターの方に向かった。

白金級《プラチナ》の冒険者には専用のカウンターがある。冒険者の数は多いが、白金級《プラチナ》というのはそう多いものではない。金級《ゴールド》、銀級《シルバー》、銅級《ブロンズ》に阻まれて、緊急の難しい依頼が白金級《プラチナ》に共有できなければ大事になってしまうので、文字通りの別格の扱いをされているのだ。

久々に来るな、と思いながらトーリはようやくカウンターに辿り着いた。

カウンターに薬瓶の箱を置くと、若い受付嬢が怪訝《けげん》な顔をした。トーリの知らない顔である。

「あの、何か？　ここは白金級《プラチナ》の方専用のカウンターでして」

「あ、いや、〝白の魔女〟の代理で来たんですけど」

とトーリが言うと、受付嬢はびっくりした様にトーリをまじまじと見た。

「えっ、〝白の魔女〟の……も、もしかして、元『泥濘《ぬかるみ》の四本角』の……トーリさん？」

「あ、そうです」

知られてるのか、とトーリは頭を掻いた。そういえば、クラン統合の話と、それに伴う人員整理の話はギルドで噂になっていたんだっけ、と思い出した。

「ひょええ、あの〝白の魔女〟さんが信頼している方……しっ、失礼しました！」

と受付嬢は恐縮した様にぺこぺこと頭を下げる。〝白の魔女〟の住居は魔窟《まくつ》で、それをトーリが管理している、と誇大された噂が出回ったらしい事も聞いた。アンドレアたちの誤解は解いたが、他の連中は勘違いしたままの様だ。

「えーと、それでこれが注文の薬で、代理で持って来たんだけど」

「あっ、えっ、ちょ、ちょっとお待ちくださいね！」

と受付嬢は「先輩！　せんぱーい！」と喚きながら裏の方へ早足で入って行った。そして、しばらくしてからトーリも見知った受付嬢を引っ張る様にやって来た。

「ちょっとアイシャ、なによ急に！」

「そそそ、それがですね、あのあのあの」

「もう、そそっかしい子ね。受付がそんな風じゃ冒険者さんに呆《あき》れられて……あらっ⁉」

連れて来られた受付嬢は目を丸くした。カウンターから身を乗り出して来る。

「トーリさん、お久しぶりです！」

「ああ、エミリさん、どうも」

「あれっ？　エミリ先輩、トーリさんをご存知だったんですか？」

と若い受付嬢――アイシャが言った。

「そりゃだって、この方だって白金級《プラチナ》の冒険者よ？　あなたがわたしの後任でここに配属されるより前に『泥濘《ぬかるみ》の四本角』にいたんだから」

「あっ、そっか！　『蒼の懐剣』の前身クランのひとつだった！」

アイシャがトーリを見る目が、ますます変わった様に思われた。トーリは頬を掻いた。

エミリとはほとんど一年ぶりに顔を合わせるから、何だか妙に懐かしい。エミリはトーリよりも少し年上で、『泥濘《ぬかるみ》の四本角』時代には白金級《プラチナ》専用カウンターの受付嬢をやっていた。だから依頼の完遂手続きやクランの会計処理のやり取りなどで、トーリは何度も顔を合わせている。

エミリはきはきとトーリに向き合った。

「もう！　突然いなくなっちゃうから驚きましたよ！」

「いや、まあ、色々あって……エミリさん、受付辞めたの？」

「そうなんですよ。今は会計管理の方にいて……まあ、こうやって呼ばれる事も多いんですけどね。アイシャ、医務室行ってセオドア先生呼んで来て」

「あ、はい！」

アイシャは慌てて駆けて行った。エミリはトーリの方に向き直る。

「トーリさん、『泥濘《ぬかるみ》の四本角』が解散した時はどうなったかと思いましたけど……聞きましたよぉ、まさか〝白の魔女〟ガートルードさんの所にいるなんて」

「え？　ガ、ガート……？」

「あれっ、名前はご存知じゃないんですか？」

「あっ、いやいや、知ってる知ってる。ガートルードね。ははは。よく聞こえなかったもんで」

「はあ……」

エミリは首を傾げつつも、それ以上追及はしなかった。

どうやらユーフェミアは外では〝白の魔女〟と自分を完全に別物としている様だ。確かに名前が一緒では紛らわしいだろう。そういえば詳しい理由は聞いていないけれど、それくらい別人として扱いたがっているあたり、トーリが軽々しく秘密を明かすのはやはり憚《はばか》られた。

そこにアイシャに連れられて、眼鏡をかけて白衣を着た初老の男がやって来た。髪の毛は勿論《もちろん》、無精髭《ぶしょうひげ》も真っ白だ。ギルド付きの医者であるセオドアである。

「おうおう、〝白の魔女〟の薬が本当にできたって？　やや、トーリじゃないか。わっはっは、生きとったか！　くたばっちまったかと思ったぞ！」

「あんたより先に死にゃしねーよ」

とトーリは苦笑いを浮かべつつ憎まれ口をたたく。セオドアは愉快そうに笑った。

「『泥濘《ぬかるみ》の四本角』が解散したときゃ、どうすんのかと思っとったぞ。行き場がなけりゃうちで雇ってやろうかと思ったが、お前ギルドにちっとも現われやしねえ。まさか〝白の魔女〟に雇われとるとはなあ！」

「まあ、成り行きで……」

とトーリが苦笑すると、セオドアは愉快愉快と笑っている。トーリは医療品の相談でセオドアと何度も顔を合わせていた。それで親しくなったのだ。

クランを解雇された時には誰も彼もが自分を笑っている様に思い込んでいたが、そんなものはトーリの被害妄想に過ぎなかった様だ。

十年も冒険者をやっていたのである。クラン以外の人間関係だってそれなりにはあったのだ。その全員が自分をあざ笑っていたなど、考えてみればあり得る話ではない。余裕がない時には視野も狭くなり、他人に優しくする事も、他人の優しさに気づく事も難しい様だ。

思ったよりもギルドの中には自分の事を考えてくれている人たちがいたんだな、とトーリは自分の狭量さが少し恥ずかしかった。ごまかす様に箱を押しやる。

「えーと、これ薬ね。確認して」

「おお、どれどれ。ちょっと見せてもらうぞ」

とセオドアは薬瓶を手に取って見ながら、感心した様に言った。

「いや、凄《すご》いもんだ……駄目元で頼んだんだが……流石は〝白の魔女〟だな」

「え、駄目元だったの？」

とトーリが言うと、セオドアは苦笑いを浮かべた。

「そりゃお前、この品質の薬をこれだけの量でなんて、最低ひと月はかかるもんだぞ。それくらいは待って当然とは思っとったが、最近は薬が慢性的に不足しとるのも事実だからな。長期遠征を企画しとるクランもあるし、〝白の魔女〟ならばあるいは出発に間に合うか……と駄目元で、三日以内に納品した場合は依頼料をかさ増しする様にしたんだが……ここまで完璧《かんぺき》に仕上げるとはなぁ。まあ、おかげで不足なく薬が行き渡るだろうよ」

冒険者の数が増えるにつれて怪我人の数も増え、薬の量が不足しがちになっているらしい。

基本的に冒険者は怪我も自己責任ではあるが、金級《ゴールド》や白金級《プラチナ》のクランには、ギルドから素材や討伐を依頼する場合に貸与という形で薬を提供する場合もある。それ以外にも緊急の場合に備えて薬はストックしておかねばならない。

「最近は白金級《プラチナ》のクランの数も増えてますからね。貸与ですから、使えばその分の対価はいただきますけど、薬自体が減っちゃうとそれもできないので」

とエミリが言った。そういえばそうだったな、とトーリは頷《うなず》く。

『泥濘《ぬかるみ》の四本角』の頃にも、ギルドから薬を借り受けた事が何度かあった。使わずに済んだ時もあるし、使った分を計算してギルドに料金を支払った時もあった。エミリとはそういう時に金銭のやり取りをしたものだ。

（今思えば、その薬もユーフェが作ったやつだったのかなぁ……）

あり得ない話ではない。トーリが来る前の屋敷の散らかり具合では、製薬も今回より苦労しただろうが、品質は落ちてはいなかっただろう。

セオドアは箱を抱えた。

「いや、助かるわい。また頼むと思うから、その時はよろしくと言っておいてくれ」

「それはいいけど、今回みたいな慌ただしい納期はやめてくれよな」

「わーっとる、わーっとる。だがこっちも強制したわけじゃないんだ、勘弁してくれ」

「まあ、いいけどさ。体壊すなよ、セオドアさん」

「おうともさ！　また遊びに来い」

セオドアは箱を抱えて行ってしまった。エミリが価格を計算して、会計票をトーリに見せる。

「三日以内の納品でしたので、このお値段で……大丈夫ですか？」

「こんなに⁉　い、いや、そうか。うん、大丈夫」

普通の冒険者ならば、これだけで一年は暮らせる金額である。ユーフェミアが気合を入れて製薬したのが、トーリは今になってすっかり得心がいった。この値段を一括で払えるくらい、今のアズラクは景気がいいんだな、とトーリは何だか感心してしまった。

それでずっしりするくらいの依頼料を受け取っていると、誰かの来る気配がした。

「ト、トーリさん！」

「ん？」

見ると、小綺麗な服を着た男がこちらにやって来る。見た顔だ。トーリは記憶を手繰って、おやと思った。

「あー、確か、『蒼の懐剣』の」

マネージャーであるアルパンが、何ともバツの悪そうな表情で立っていた。トーリの前で深々と頭を下げる。

「その節は大変失礼な事をしてしまい、まことに申し訳ありませんでした……」

「い、いや……いやいやいや、いいんだって、別に」

トーリは慌てて手を振った。解雇された時には、にこにこ笑っていたこの男に苛立《いらだ》ったのは確かだが、今となっては特に思うところはない。クラン統合もトーリの解雇も判断としては間違っていなかったのだ。こんな風に謝られては、却って居心地が悪くて困る。

「しかし、あなたの実力を完全に見誤っていて……」

「違う違う、それは勘違いだって！　俺は弱いの！　白金級《プラチナ》のクランで戦うなんて無理なの！」

「いや、しかし〝白の魔女〟ガートルードさんはあなたを信頼していると」

「それはそうなんだけど、それはちょっと事情が違ってて……」

「事情といいますと？」

「えーと……」

トーリは何と言ったものか困って、口をもごもごさせた。正直に、〝白の魔女〟は私生活が壊滅的で、その世話をしているから信用されているのだと言えばいいのだろうか。だが、そこにユーフエミアの影をにおわせてはいけない。余計な事を言わず、さっさと済ましてしまえばいいのだ。

「いや、あいつ――じゃなくて、あの人、私生活が駄目駄目でさ、本当に家事手伝いとして俺を雇ったわけ。だから俺がいなくなると、屋敷は散らかるし、飯はできないし、って事で信頼されてるわけ。強いからとか、そういう事じゃないんだよ、本当に」

「はあ……」

アルパンは半信半疑といった風である。というよりもあまり信じていない様な顔をしている。アイシャがはてと首を傾げた。

「でも、〝白の魔女〟の家は魔窟だとか何とか……」

「えーと、それはね、あくまで比喩《ひゆ》的な意味であって、実際にダンジョンみたいになってるわけじゃなくて」

「物凄《ものすご》く散らかってるとか、そういう意味合いですか？」

「そう！　エミリさん、流石！」

とトーリは全力で肯定するも、言った当人のエミリはやや怪訝そうである。

「あの強面の魔女さんがねえ……魔法でちょいちょいっとやっちゃいそうなもんですけど」

「いやいや、案外実験とか魔術式開発とかですっごく忙しいかもですよ！　だから家事がおろそかになっちゃうのかも！」

とアイシャが言った。アルパンが成る程と頷く。

「確かに、それならば考えられますね。あれほどの実力をお持ちなのですから、きっと研究熱心なのでしょう」

「カッコいいですねえ！　勤勉で努力家で、研究熱心で……私生活が駄目なのなんて、チャームポイントみたいなもんですよ！」

「いや、ははは……」

何だか盛り上がっているアイシャたちを見て、トーリは背筋に変な汗が伝うのを感じた。ユーフェミアはそういうのとは正反対なのだが、だからこそ否定するのも変な話になってしまう。

こうなれば、もう「ガートルード」には勤勉で努力家で研究熱心な人物になってもらうしかあるまい。トーリは何でか音が大きくなった心臓を押さえる様に、胸に手を置いた。

アルパンが嘆息する。

「しかし、残念です。まだトーリさんはライセンスが残っておりますし、その気があるならば『蒼の懐剣』に来ていただけないかと期待していたのですが……」

「いやいやいや、だから俺はクソ弱いんだって言ってるだろ……あれ、俺のライセンス、残ってるんだ？」

　そういえばギルドの退会手続きなどをした覚えがない。『泥濘《ぬかるみ》の四本角』が解散になった時に冒険者そのものを解雇された様な気分だったから、もう冒険者ではなくなっているかと思っていたが、冒険者のライセンスとクランの解散は別物である。

「残っていますよ。白金級《プラチナ》のままですが……」

「あー……その、身分証明になるから籍だけは残しておいて欲しいんだけど、ランクだけ適正なのにしてくれないかな？　銀級《シルバー》でも銅級《ブロンズ》でもいいからさ」

　トーリ自身は、もう自分が冒険者として活動するつもりはないから、ランクなぞ何だって構わないのである。実力もないのに白金級《プラチナ》に居座っているのは何となく居心地が悪い。

　アルパンは「そうですか……」と残念そうに言った。

「しかし、〝白の魔女〟さんの元にいらっしゃるのであれば、白金級《プラチナ》のままでも誰も文句は言わないと思いますが……」

「だから、俺は別に冒険者を続けたいわけじゃなくて……ただまあ、こういう風にあいつ――あの人の仕事の手伝いをしたりはするから、低級でいいから籍だけ残して欲しいんだよ」

「それは構いませんが……勿体《もったい》ないですよ、トーリさん。いざという時に白金級《プラチナ》のライセンスがあれば、こちらに復帰していただく事も可能ですし」

「いや、俺はいいんだって。復帰なんて冗談じゃないぞ」

　話が堂々巡りになりそうだと思っていると、そこにスバルを肩に担いだシノヅキがやって来た。

「納品は終わったんか？　屋台に行くぞ、屋台に」

「肉まんじゅうー！」

とスバルは手足をばたばたさせている。トーリは助かった、と思いながら口を開いた。

「お前ら食う事しか考えてねぇのか」

「他に何をせいちゅうんじゃ」

「お菓子ー！」

トーリはそれとなく依頼料を鞄《かばん》の中に隠した。エミリとアイシャが目を丸くしている。

「うわわ、確か『蒼の懐剣』に稽古《けいこ》をつけてらした……えっと、シノヅキさんと、スバルさん、でしたっけ？」

「あん？　なんじゃ、わしらも有名になったもんじゃのう、がはは！」

「あのあの、『蒼の懐剣』の皆さんが仰ってたんですが、シノヅキさん、本当はフェンリルだとか？」

とアイシャが何だか目をキラキラさせながら言う。シノヅキは偉そうにふんぞり返った。

「そうじゃ。フェンリル族一の戦士シノヅキとはわしの事じゃ。ちなみにこのちっこいのはフェニックスじゃい」

「うわあ、本当だったんだ……すごい」

「おーろーせー！」

担がれたままのスバルがじたばたと暴れているが、シノヅキは意に介さずにからからと笑っている。

アルパンが進み出た。

「お二人とも、その節は大変お世話になりまして」

「ん？　なんじゃい、おぬしは。誰じゃったかの？」

「アルパンと申します。『蒼の懐剣』のマネージャーでして……」

「マネージャー、ちゅうのはなんじゃ？」

「剣士とか魔法使いと違うのー？　弱そうだなー」

と肩に担がれたままのスバルが言った。アルパンは苦笑した。

「いえ、クランの人事や会計、スケジュール管理などをしておりまして……要するにクランの皆さんの裏方のお手伝いをしている様なもので」

「おお、つまりトーリみたいなもんか。おぬしも飯を作るのか？」

「あ、いや、私はそういうわけでは……」

「なんじゃ、つまらんのう」

「あ！　まさかそれでトーリをぶち抜こうってつもりじゃないだろうな！」

「スバル、引き抜くだ。ぶち抜くんじゃねえ」とトーリが言った。

「なぬ⁉　それは困る！　トーリはわしらになくてはならぬ男じゃ！　絶対に手放すわけにはいかぬ！　おぬし、妙な事をしよったら、頭から丸飲みにするぞ！」

とシノヅキがうなった。人間の姿なのに、何だか物凄い迫力と威圧感があって、アルパンは勿論《もちろん》、カウンター向こうの受付嬢たちやトーリまでもが総毛立つ様な心持にさせられた。

「ももも、勿論、そんな事をしようなどとは、微塵《みじん》も考えておりません！」

「なんじゃそうか。それならばよいよい。はっはっは」

剣呑《けんのん》な空気は消え去ったが、今のやり取りでギルド中の注目が集中した様に思われた。『蒼の懐剣』の稽古の現場を見ていた者もいるらしく、シノヅキやスバルの事をひそひそと噂している様な連中も見受けられる。

アルパンは顔色が蒼白《そうはく》になっており、エミリはぶるぶると震え、アイシャなどは腰が抜けたのか、カウンターの向こうにへたり込んでしまって姿が見えない。

（やばい、これ以上目立つと収拾つかなくなる）

トーリは荷物を持ち直した。

「じゃ、じゃあ、悪いけど失礼するよ。ライセンスの件だけよろしくな。おい、シノさん、スバル、行くぞ」

「よし待ちかねたぞ。串焼《くしや》き串焼き」

「ケバブー！」

ようやく震えが止まったらしいエミリが、ふうと息をついて口を開いた。

「何はともあれ、お元気そうでよかったです。頑張ってくださいね、トーリさん」

「ありがと。アンドレアたちにもよろしく言っといて」

それでギルドを出た。シノヅキが両腕をぶんぶん振っている。

「さて、お待ちかねじゃ！　串焼きじゃ！　二十本は食ったるぞ！」

「ボクも！」

「食いすぎだっつーの！　晩飯もあるんだから、二、三本で我慢しとけ！」

厳しい事を言っている様で、買ってやらないという選択肢がない辺り、トーリも甘いものである。

いずれにせよ、買ってやらねば収まる事はないだろうけども。

それで屋台に行って串焼きを頼んだが、本数を、という段になってシノヅキとスバルが割り込んで「二十！」と大声で言ったので、収拾がつかなくなった。結局串焼きを十本ずつ持ったシノヅキとスバルが、口の周りをタレだらけにしながらついて来る。

「甘辛だねー。普段うちじゃ食べない味付けだー」

「うまいうまい。この味付けうまいぞトーリ。食って学習して今度作るのじゃ」

「はいはいはい。押し付けるんじゃねえよ、タレがつくだろ」

しかし食ってみると確かにうまい。冒険者時代は買い食いもよくしていたので、何だか懐かしい気分である。

ギルドには行ったし、町には来たし、ついでだから買い物をしようかと思う。もう春めいて来た事もあるし、庭に植える苗木を見繕いたい。食材の買い物は軽く済まし、トーリたちは路地を辿《たど》って、アズラクの外れの方まで出た。

アズラクの周囲は原野が広がっているが、一部に田園が広がるエリアがある。アズラクが炭鉱町だった時代には、その辺りの農民たちが野菜や麦を作り、それを町に売りに来ていたのだ。外から行商人が多く入って物資が溢《あふ》れる様になった今でも、そうやってほそぼそと暮らしている者たちがいる。

その農民の中で、苗木を専門に育てて町に小さな店を構えている者がある。それがこの店なのである。田園地帯で苗木を育て、ある程度の大きさになったものをこちらで鉢植えにして並べているのだ。

トーリが店の前まで行くと、掘立の様な小屋の後ろに、大小の苗木が植わっている所があった。苗木屋である。

小屋には老人が一人、煙草をふかしながら椅子に座っており、その奥の畑には大小の鉢植えが所狭しと並べられ、地植えにされているものもあるらしい。若者が二人ばかり、苗木の手入れをしているのが見えた。

「こんちは」

とトーリが声をかけると、老人は顔を上げた。

「いらっしゃい。苗木がご入用かね」

「そうなんだ。庭に植えたくて……実のなる木がいいんだけど」

「そりゃいい。うちの木はどれも元気だよ。好きなのを選んでおくれ」

と老人は口から煙を吐きながら言った。

では、とトーリは畑に入る。シノヅキとスバルもついて来た。

「ちっこい木がいっぱいあるのう」

「どうすんの、これ？」

「だから庭に植えるんだって。リンゴとかブドウとか桃とか、採れる様になったら嬉《うれ》しいだろ？」

「うれしい！」

「そりゃええのう。ところで肉のなる木はないんか？」

「ねえよ」

柑橘類《かんきつるい》やリンゴ、スモモなどを見繕って、掘り出したものをこもに巻いてもらった。それをシノヅキが軽々と担ぎ上げたので、店の若者は目を丸くした。

まだまだ植えたいものは多いが、一度には持って帰れそうもない。今日買った分を植え付けたら、また来る事にする。庭は広い、というより、そもそも屋敷の周囲に他に人がいないから、どこまでが庭なのだかはっきりしない。だから植えられる場所は沢山ある。

それでトーリたちは町を出て、人気のない郊外まで出てから、フェニックスになったスバルに乗っかって帰った。

買い込んだお菓子などがあるせいか、町に行く時よりもスバルの速度が速い。シノヅキは平然としているが、向かい風も強いし、トーリは相変わらず背中にしがみつくのに必死で、周囲を見るなぞ思いもよらない。だから、途中で何か飛ぶものの群れに突っ込んで大騒ぎになっていたのもわからなかった。

ともかく、それで家に帰った。日が傾いて、屋敷にはもう影がかかりつつあった。

「やれやれ、ちょっと長尻《ながじり》したな。ただいま」

「帰ったぞーい」

「ただいまー」

騒がしく屋敷に入ると、中はしんとしていた。シシリアが一人、ソファに寝転がっていた。急な闖入《ちんにゅう》者にも起きる気配はなく、「うぅん」と言って小さく身じろぎしただけだった。何だかんだ言ってアークリッチもくたびれるんだなあ、とトーリはなぜか感心しながら、予備の毛布を引っ張り出してかけてやった。彼女にしては珍しく、なんだか無防備な寝顔である。こうして見るとやはりとんでもない美人だな、とトーリは思った。

「スバル、暖炉に火ぃ点けて」

「はーい。ユーフェいないね」

「寝床じゃろ。おねむの様じゃったしの。トーリ、買って来た燻製《くんせい》、味見するがええか?」

「それは使うから駄目。こっちのお菓子にしとけ」

買い物の荷物をごそごそと整理していると、寝室の扉が開いて、ユーフェミアが出て来た。

「ん……」

ユーフェミアはぽてぽてと早足でやって来て、かがんで荷物を開けているトーリの背中から、むぎゅうと抱き付いた。

「薬、持ってってくれたの?」

「まあな。起こしたくなかったからさ」

「ありがと」

と言って嬉しそうにトーリの背中に顔を擦り付けた。

「ユーフェ、お菓子あるよ、お菓子」

とスバルが言った。ユーフェミアは顔を上げて立ち上がった。トーリはふと思い出して、鞄から金の入った袋を出す。

「あ、ユーフェこれ、薬の代金」

「ううん、トーリが持ってて。買い出しに使っていいから」

「あ、そう」

確かに、たまに二人で街歩きをしたり、薬の材料を買ったりする以外に、ユーフェミアが率先して金を使う光景を見た事がない。今は生活雑貨や食材はすべてトーリが管理して買い出しも行っている。財政管理を任されるのも当然の成り行きである。

雇われてから給料を払ってもらった覚えは一度としてないけれど、〝白の魔女〟の全財産を預かっていると考えると、それはそれで凄《すご》い。

「じゃあ、預かっとく。事後報告だけど、果物の苗木とか買っちゃったけど、よかったか？」

「うん。好きに使っていいよ」

とユーフェミアは卵をたっぷり使っているらしいふかふかの焼き菓子を頬張っている。

「……俺が無駄遣いするとか考えないのか？」

「無駄遣いするの？」

「いや、しないけど」

「でしょ」

泰然としたものである。完全に信頼されているらしい。こんな風では、仮にそういう思いがよぎってもユーフェミアを裏切る気持ちになれまい。

トーリは肩をすくめ、お茶でも淹れようと立ち上がった。

○

「団長、大丈夫ですか！」

「……なんだったんだ、あれ」

ロビンはフェニックスの飛び去った方を眺めながら呟《つぶや》いた。

『破邪の光竜団』の面々は、郊外の荒れ地にいた。飛竜たちは興奮気味に右往左往して、それを竜騎士たちがなだめている。

いつもの様に辺境探索とモンスター退治の為の移動をしていた『破邪の光竜団』の面々だったが、不意に後方からフェニックスが飛んで来て、その翼の風圧に飛竜たちがたちまちバランスを崩して不時着を余儀なくされたのである。

フェニックスの速度は尋常ではなく、飛竜では到底追い付けなかった。そうしてあっという間に見えなくなった。しかもフェニックスという最上級の幻獣に、飛竜たちがパニックになってしまい、なだめるのに四苦八苦している。

ロビンはまだ落ち着かない目の色をしている自分の飛竜の首を撫《な》でて、ふうと息をついた。

「……誰か乗ってたって?」

「はい、背中に誰かがしがみついていたと」

とクリストフが言った。ロビンは顔をしかめる。乗っていたのが人間ならば、そのフェニックスは誰かに使役されているのだろう。幻獣使いであるならば、冒険者である可能性は高く、またこの付近にいるならばアズラクを拠点にしている筈《はず》だ。

「フェニックスを使役するほどの者がいるのでしょうか?」

「いるんだろうね。アズラクの冒険者のレベルは高いっていうし……ふん、飛竜乗りになってから、空中であそこまで馬鹿にされたのは初めてだね」

ロビンは弓の弦をはじいた。屈辱的、というよりは何だか面白そうな顔をしている。

「けどまあ……舐《な》められたままじゃいられないね」

「そうですとも! 不届き者に目にもの見せてやりましょう!」

とクリストフは発奮している。ロビンはふんと鼻を鳴らした。

「飛竜が落ち着いたら動くよ。今回の仕事を終わらして、アズラクで情報収集だ。フェニックスを使役している奴を探す」

「はい、団長!」

とメンバーたちが大声で返事をした。

7. 孫娘……？

野の花がつぼみを膨らまして、春風に吹かれてたちまち開花した。殺風景だった原野に日ごと色彩が戻り、蜂や蝶《ちょう》がそこいらを飛び交っている。

虫や鳥が旺盛《おうせい》に辺りを動き回り、冬眠から目覚めた動物たちも、空かした腹を満たそうと日夜歩き回っている様だった。

トーリが雑草を取り、蔦《つた》を除いた古いリンゴの木が白い花を満開に咲かして、ほんのりと甘いにおいをそこいらに振りまいている。これだけ花が咲いているならば、今年は実の方も期待できそうだな、とトーリは思った。

何度かアズラクと行き来して買い揃えた苗木をすっかり植え付けた。細い木の枝で支柱を立てて風に負けない様に支えてやる。畑の周囲に点々と植えた木が、やがて大きくなった時の風景を思い、トーリは何となく満足だった。

ユーフェミアの蔵書の中には農業書も交じっていた。どうやら薬の材料になる薬草や木を育てる参考にと昔手に入れたものらしい。ものぐさなユーフェミアは薬草栽培にはとんと興味がなかった様だが、トーリはそれらの本を参考に剪定《せんてい》や植え付けを行い、ようやく一段落したという風だ。

小さなリンゴの苗木を見ながら、スバルがわくわくした表情で言った。

「これ、いつ採れるの？　夏？」

「そんなに早く採れねえよ。まあ、早くて四、五年後だな」

「嘘ぉ！　そんなにかかるのかよー！」

「何だと思ってたんだよ……野菜と違うんだっつーの」

種をまけばその年には収穫に行きつく野菜と、何年もかかって毎年実をつける果樹とは、やはり違う。

スバルは不満そうに地面を蹴《け》った。

「魔界は木なんか一年あればおっきくなるのに」

「え、マジで？」

「うん。リンゴとか、こーんなおっきいのがなるよ！　おいしくないけど」

「まずいのかよ……」

魔界の土は植物の成長を促進し果実を大きくするものの、食味の面で著しく劣るらしい。使い魔たちが地上の食事に拘泥して魔界に帰りたがらない理由が少しわかった気がした。

「ちぇー、おいしいリンゴが一杯食べられると思ってたのにー」

「まあ、古い方の木からは採れるだろうよ」

「むー……」

花の咲くリンゴの古木に目をやったスバルだが、やはり少し不満そうである。スバルは肉や魚が好きだけれど、同じ様に果物も好物である。完熟して甘みの増したものが特に好きな様だ。その辺りは実に鳥らしい。

ともかくリンゴの古木の様に野山に様々な花が萌《も》え出し、そこいらはすっかり春の気配が満ち満ちている。まだ肌寒さこそあれ、寒さが緩んで暖かくなり始めると、何だか目が覚めた様な気分になって、体を動かしたくなるものだ。

トーリは家事の合間に畑を起こし、薪を補充し、野山を歩いて山菜や木の実、茸《きのこ》を集めた。花の萌え出した森のにおいに包まれると、胸の奥底まで透き通る様な気分になった。森を歩く時はシノヅキも一緒に来る事があり、そういう時はフェンリルの嗅覚《きゆうかく》が、トーリの気づかなかった茸を見つけ出したりして、中々面白いものであった。

そんな風に過ごしながら、庭先にオーブンを作ろうという、かねてからの計画を実行に移したいと考え始めた。今のキッチンストーブのオーブンもすっかり使いこなしてはいるが、大きな窯があれば、もっと大きなものが焼けるだろう。

ドラゴンを焼くなどという与太話は実現しないにせよ、大きめのパイや具包みパンなどが焼ければ、メニューの幅も広がるだろう。鳥の丸焼きや、今より大きなローストビーフなどを出せば、使い魔たちも大喜びするに違いない。今にも増して薪を集めなくてはならなくなるけれども。

「だから町に行ってだな、窯の構造を見て来たいんだが」

とトーリが言った。昼食の茹《ゆ》で芋を頬張っていたユーフェミアは「も」と言った。もぐもぐと咀《そ》嚼《しやく》し、コップのお茶で流し込む。

「わたしも行きたい……」

「あ、そう？　じゃあ行くか……他に誰か来る？」

「ボクたち、ちょっと魔界に帰りたいからパス！」

とスバルが言った。どうやら使い魔三人は一旦《いったん》魔界に戻るらしい。

「なんだ、珍しいな。仕事でもあるのか？」

「何を言うとる。その窯の材料を取りに行くんじゃ。あと他に野暮用があるが」

トーリは面食らった。

「マジで魔界の材料で作るつもりか？　ドラゴンなんか料理しねえぞ？」

「あら、でも魔界の材料なら丈夫でいいものが作れるわよぉ、トーリちゃん」

「そうなの？　何か変な効果が出たりすると嫌だけどな……」

「平気平気」

この連中の言う平気や大丈夫という言葉は何となく怪しいけれど、積極的に手伝ってくれるというならば断るのも変な話である。

ではよろしくとお願いして、トーリとユーフェミアは連れ立ってアズラクへと向かった。

町に行く時のユーフェミアは可愛らしい服を着ている。トーリはいつもの服に上着を羽織っているだけだ。隣の美少女とあまりに落差が激しい様に思われて、トーリの方はいつも気後れするのだが、ユーフェミアはちっとも気にしていないらしい。デート気分になるのか、満足げにトーリと腕なんか組んだりして、嬉《うれ》しそうにぽてぽて歩いている。

「……歩きづらいんだけど」

「わたしは歩きづらくないよ？」

「そう……」

振り払うわけにもいかず、結局そのままになっている。

周囲の視線がやけに刺さる様な気がする。気のせいかも知れないが、気のせいではないかも知れない。美少女と歩いているという優越感よりも照れや気恥ずかしさの方が先に立つけれど、そこはもう止むを得まい。普段の自堕落さを知っている筈のトーリが引け目を感じるくらい、よそ行きの恰好《かっこう》のユーフェミアは可愛らしい。

「どこに行くの？」

とユーフェミアが言った。

「えーと、石窯のある店……確かこの辺にあったと思うんだが」

とユーフェミアはトーリの手を握り締めた。ユーフェミアの手の平は温かかった。トーリの冷えた指先を温める様に指を絡ましてさすって来る。

「手、つめたい」

（くそ、可愛い……）

あざといと言っていいくらいなのだが、可愛さの方が先に立ってあざとさが鼻につかないから、ユーフェミアに甘えられるとトーリは何も言えなくなる。ある意味ではすっかり手玉に取られていると言ってよさそうだ。

落ち着かないながらも店を探してうろついていると、広場の像の前でアンドレアが立っているのに出くわした。ギルドからの帰りなのか、冒険者装束に身を包んでいる。

「トーリ。ユーフェミアも」

「アンドレアじゃねえか。元気か？」

「なんとかな。買い物か？」

「まあ、うん」

トーリは曖昧《あいまい》に頷《うなず》いた。アンドレアはふっと笑った。

「どうだ、調子は。この間スザンナに会ったらしいな」

「おう、買い物の時に偶然な。そっちはどうだ？　なんか、冒険者が増えてるんだろ？」

「ああ、忙しくなって来たよ、最近は特にな……ユーフェミア、お前の薬、よく効くと評判だぞ。おかげで探索の時の安心感が違うよ」

「うにゃ」

トーリの腕を抱いていたユーフェミアは、こそこそとトーリの後ろに隠れた。アンドレアがくっくっと笑う。

「成る程。俺はお邪魔だったみたいだな」

「いやいや、そんな事ねえよ。なあ、ユーフェ？」

「にゃ」

ユーフェミアは否定とも肯定とも取れない風にもそもそと身じろぎした。トーリは肩をすくめ、アンドレアの方を見た。

「お前は何やってるんだ?」

「ああ、仕事を終えてな、飯でも食おうと連れを待っているんだが……」

「おーい、アンドレア」

果たして、向こうから金髪を短めに整えた男が歩いて来た。アンドレアは眉《まゆ》をひそめた。

「遅いぞ、ジェフリー」

「悪い悪い、ちょっと野暮用があってよ」

(ジェフリーって、『天壌無窮』の……)

トーリはやって来たジェフリーをまじまじと見た。話した事はないが、見た事がある顔だ。かつて『泥濘《ぬかるみ》の四本角』と並ぶ白金級《プラチナ》クランだった『天壌無窮』のエースだった男である。ギルド主導のクラン統合によって、現在は『蒼の懐剣』でアンドレアたちとともに戦っているらしい。

「……ん?」

ジェフリーはトーリとユーフェミアを怪訝《けげん》な顔で見た。

「あんたは……いや、ちょっと待てよ、知ってるぞ。確か、トーリだ!」

「お、え、あ、なんで俺の事……」

「そりゃ、あんた元は『泥濘《ぬかるみ》の四本角』だったじゃねえか、会った事あるだろ! それに今はあの〝白の魔女〟が全幅の信頼置いてんだろ? くっそー、うちに来てくれてりゃなあ。どうだい、トーリ。今からでも『蒼の懐剣』に来ねえか?」

とジェフリーは笑った。トーリは目を白黒させる。ジェフリーと会ったのは数回くらいだし、話

した事もないのだが、向こうは覚えていた様だ。それとも、トーリの名が独り歩きした事で思い出していたのかも知れないが。ユーフェミアが小さく口を尖らしてトーリの腕をぎゅうと抱きしめる。

アンドレアが嘆息した。

「無茶言うな、ジェフリー。トーリに復帰の意思はない」

「冗談だっての。〝白の魔女〟のお気に入りを引き抜けるわけないだろ」

とジェフリーはおどけた様に肩をすくめる。ひょうきんな性格らしい。

「それにしても、可愛い子連れてんなあ。彼女か？」

「うん、そうだよ」

「違うわ！　お前は雇い主だろ！」

「はあ？　雇い主って……あんたの雇い主は〝白の魔女〟じゃねえのか？」

とジェフリーが言った。

トーリはしまったと青ざめた。ユーフェミアは本来の姿と〝白の魔女〟の姿とを使い分けている。そこをばらされるのは本意ではない筈《はず》だ。前にギルドで肝に銘じた筈だったのに、自分の間抜けさが嫌になる。

ジェフリーは目を細めて、ユーフェミアをしげしげと見ている。何と言い訳したものかと思っていると、ジェフリーが思い当たったという様に指を鳴らした。

「そうか、わかったぞ！」

「い、いや、あの、それはだな」

「その子、〝白の魔女〟の孫娘だな⁉」

「え？」

ジェフリーは合点がいったという顔でからからと笑った。

「図星だろ！　ははっ、成る程なあ。そりゃ、こっちに戻るつもりにはならねえよな。しっかし、あの魔女の孫とは思えねえくらい可愛いなあ。隅に置けねえじゃねえか、このこの」

とジェフリーはトーリを肘《ひじ》で小突く。トーリは曖昧に頷いた。流石にあの世紀末覇者の様な老婆と、目の前の美少女を同一人物だとは思わなかった様だ。

アンドレアが呆《あき》れた様にジェフリーの方を小突いた。

「下らん話ばかりするな。もう行くぞ」

「ちょっと待てよ、いいじゃねえかちょっとくらい。なあなあ、お孫さん、名前は？」

「……ユーフェミア」

ユーフェミアはトーリの後ろに隠れて、顔だけちょっと見せながら言った。

「そっか。ユーフェミアちゃんな。あんたの婆さんのおかげで俺も腕が上がったんだ。最近会わねえけど、元気にしてるか？」

「うん」

「そっか。スバルちゃんは？　あの子、フェニックスだったの、驚いたなあ」

「スバルも元気だよ」

「おー、そりゃ何よりだぜ。ジェフリーがよろしく言ってたって伝えてくれ」

「うん」

「ジェフリー、行くぞ。腹が減った。人を待たせておいて無駄話ばっかりするな」

とアンドレアが言った。

「悪かったって。じゃあなトーリ、ユーフェミアちゃん。デートの邪魔してごめんな！」

とジェフリーは踵《きびす》を返す。アンドレアが「すまん」と言う様に、胸の前で手を立てた。そうして二人は連れ立って去って行った。

何だか嵐の様だったな、とトーリは脱力した。

ユーフェミアがトーリの腕を抱き直す。

「……トーリ」

「なに？」

「孫娘、だって」

「そうだな……行くか」

変な汗をかいたせいもあって、何となく腰を下ろしたかった。

ようやく目的の店を見つけて、入った。昼時を少し過ぎたくらいだったから、客の入りは落ち着いていた。遅い昼餉《ひるげ》をとりに来たという連中ばかりだ。

二人掛けの席に向き合って、トーリはカウンター向こうの石窯を見た。大きく、炉の入り口から、熾火に照らされて赤く光る窯の中が見えた。鉄製の鍋《なべ》が丸ごと入っている。何かを焼いているらしい。

ユーフェミアが上目遣いにトーリの方を窺《うかが》っている。

「……なんだよ」

「トーリ、『蒼の懐剣』に行かないよね？」

「行かないって言ってるだろ。いい加減信用しろよ」

「……でもトーリ、アンドレアともスザンナとも仲良し。ずっと一緒に冒険者やってたの知ってるし、あっちも戻って来て欲しいって思ってる。だからわかっててもちょっと不安になるんだもん」

とユーフェミアはぽそぽそと言った。その様子が何だか可愛らしく、トーリは手を伸ばして頭を撫《な》でてやった。

「大丈夫だって。俺はお前んとこで家事やってる方が落ち着くんだよ」

「ん……」

「というか、どうすればお前は安心するんだ」

「んー……結婚？」

またそれか、とトーリはかくんと肩を落とした。

「あんまり急がれてもな……」

「そうなの？」

「色々さ、心の準備みたいなのもあるし……夫婦って今と関係性も変わるだろうしさ」

「ふぅん」

ユーフェミアはちょっと面白そうな顔をしながら、運ばれて来たお菓子をかじった。

「もぐ……でも、確かに今の感じも好き。結婚したら、変わっちゃうかな？」

「さあな。でもまあ」

子どもとかできたとしたら色々変わるだろうなあ、と考えた。

しかし子どもができるという事は子どもを作る行為が必要である。

行為とはすなわち。

唐突にユーフェミアの裸体が思い出され、トーリは慌ててそれを振り払った。ユーフェミアはぽけっとした顔でそんなトーリを眺めながら、小首を傾げている。

「どうしたの？」

「な、なんでもない」

何だか自分ばっかりが右往左往している様に思われ、トーリは誤魔化す様に、運ばれて来たお茶を口に運んだ。

トーリはふと思い出して、声を潜めてユーフェミアに言った。

「……そういえば、お前どうして正体隠してんの？　なんか、ガートルードだっけ？　偽名も使って登録してるみたいだし」

ユーフェミアは目をぱちくりさせた。

「母様に、わたしは可愛すぎるから、そのままじゃ舐《な》められるからって」

「ああ、それは聞いたけど……」

「それに、あの姿だと人と喋《しゃべ》るのも楽なの。わたし、人見知りだから」

今の姿が〝白の魔女〟だという風に皆が知っていたならば、あの世紀末覇者の如き老婆と違って近づいて来る輩も多いだろうし、中にはよこしまな考えを持って来る者もいるだろう。

人見知りのユーフェミアは、人嫌いというわけではないにせよ、他者との交流にあまり積極的ではない。あまり人を寄せ付けたくないという思いもあるらしく、それで近寄りがたい姿をとって、この姿と使い分けておきたい様だ。有名人ならではの悩みとも言えるだろう。

トーリは成る程と頷いた。

「そういう事ね……じゃあ、やっぱり秘密にしておいた方がいいんだな？」

「うん」

そう言ってユーフェミアは焼き立てのパイにフォークを刺した。

〇

現在アズラクでは名実ともにトップクランである『蒼の懐剣』は、次々に流入して来る実力派のクランが、着実に成果を上げて追いかけて来る事に、若干の焦りを覚えていた。

先日アンドレアと悶着《もんちゃく》があった『破邪の光竜団』をはじめ、実力のある冒険者やクランが他地方から次々にアズラクへ移って来ている。冒険者人口は増える一方だ。競争相手が増える事は張り合いもあるが、自らの地位が脅かされる様になって来ると、そう悠長な事ばかり言ってもいられない。

しかし、なまじトップの地位に安住していたせいで、他のクランが脅威であると実感している者がすべてではなく、クラン内部でも危機感に温度差があって、何となく足並みが揃《そろ》っていない様に思われた。

食堂にいた。大衆食堂といった趣で、冒険者をはじめとした荒くれ者が贔屓《ひいき》にしている店だ。アンドレアたちも例に漏れず、よく来る店である。

「『覇道剣団』、『落月と白光』、『憂愁の編み手』……それに『破邪の光竜団』か。どいつもこいつも名のある白金級《プラチナ》クランだぜ。どうするよ、アンドレア？」

と剣士ジェフリーが頭の後ろで手を組みながらぼやいた。向かいに座っていたアンドレアは眉根《まゆね》を寄せた。

「どうするも何も、今まで通りに着実に仕事をこなすしかあるまい」

ジェフリーはやれやれと頭を振った。

「ま、クラン同士で潰し合うわけにもいかねえしな。しっかし、最近どうも雰囲気が間延びしてる感じがするぜ」

「お前もそう思うか。ギルドの肝煎《きもい》りがある分、今の便利さを当然だと思い始めてしまった節があるからな……」

「まぁな。ジャンが抜けたのはちっと痛てぇよなあ」

「仕方がないだろう。ジャンは目的があって冒険者をしていたからな。それを達したからには、続ける意味もないだろうしな」

「そりゃそうだけどよ。ああいう真面目な奴がいてくれりゃ、もう少しだらけた風にもならねえと思うんだけど」

元『蒼の懐剣』の魔法使いのエースだったジャンは、師匠との約束であった天候制御装置を完成させた為、故郷のプデモットへ帰ってしまった。現在は王宮の顧問魔法使いの地位にいるらしい。冒険者などよりもよほど名誉ある職である。

ジェフリーは頭を掻《か》いた。

「トーリ。トーリか。〝白の魔女〟の孫娘とよろしくやってるんじゃ、こっちに戻る可能性は絶望的だろうなあ」

「……まあ、そうだな。それに、あいつはもう冒険者稼業に戻るつもりはないだろう」

「でもライセンスは残ってんだろ？　アルパンが言ってたぜ」

「なに？　そうだったのか？」

と運ばれて来た定食に匙《さじ》を伸ばしながら、アンドレアは目を細めた。

「おお。だけどこの前ライセンスを降格してくれって、妙な事を頼んで来たらしいぜ。まあ、アルパンの奴諦《あきら》めきれてないみたいだから、まだその手続きはしてないらしいけど」

「そうか……アルパンも諦めが悪いな」

「でもライセンス残してるって事は、復帰の意思もあるかもじゃないか？」

「違うな。単に身分証明に便利だから残しているだけだろうよ。復帰の意思があれば降格なんか願い出たりしないだろう」

「なーんだ。ま、そんな気はしたけどよ」

とジェフリーは残念そうに頭を掻き、炙《あぶ》り肉を頬張った。アンドレアはやれやれと頭を振った。

現状、ユーフェミアとトーリに関して、本当の事を知っているのはアンドレア、スザンナ、ジャンの三人だけだ。〝白の魔女〟の正体に関しては、ユーフェミアがばらされるのを望んでいない事はアンドレアも知っている。トーリの実力にしても、わざわざ弱いと吹聴するのも変な話だ。

実際〝白の魔女〟と暮らしていて、彼女が頼りにしているという事は、『蒼の懐剣』のメンバーも知っているし、『魔窟《まくつ》』の管理をしていると彼女やシノヅキの口から言及された事も記憶に新しい。だから彼らはトーリが弱いという事は信じないだろう。

それに、トーリとユーフェミアの関係を説明するには、〝白の魔女〟の正体にまで言及する必要が出て来る。それはユーフェミアの本意ではない筈《はず》だ。そうなると、やはりアンドレアは下手な事を言えない。その話題が出た時も曖昧《あいまい》に言葉を濁すだけだ。

ジェフリーは気楽に続ける。

「しっかし、〝白の魔女〟に孫がいたなんて知らなかったぜ。ユーフェミアちゃんだっけ？　めちゃくちゃ可愛かったなあ」

「……そうだな」

「なんだよ、素っ気ねえな。そう思わねえか？」

「思うが、まあ……」

「あの子に加えて、シノヅキさんもスバルちゃんもシシリアさんもいるんだろ？　くぅー、ハーレムだな！　男の夢じゃねえか。いいなあ、トーリ。羨《うらや》ましいぜ」

と笑うジェフリーを見て、アンドレアは何とも言えない気分になった。確かに美女に囲まれているのは確かだが、ハーレムとは少し違うのではあるまいか。まあ、周囲が女ばかりというのはハーレムと言われても仕方がないだろうけれども、おいしい思いよりは気苦労の方が多そうな気がする。

いずれにせよ、新しいクランが増え、競争が激しくなりつつある今、自分も少し鍛え直したいという思いが、アンドレアにもある。シノヅキ辺りと組手をしに、近々訪ねに行くのも悪くはあるまい。

そうして食事を終え、『蒼の懐剣』の拠点に戻ると、談話室でアルパンが落ち着かない様子で歩き回っていた。数人のメンバーが片付かない顔をしてソファや椅子に腰を下ろしている。

「アルパン？　何をしているんだ」

とアンドレアが言うと、アルパンは焦った様に駆け寄って来た。

「それが……お二人とも少しお話が」

8. セニノマ

庭先にレンガが無造作に積まれている。やや赤みがかった茶色いそれは、持ってみると思ったよりも軽い。使い魔たちが魔界から持ち帰ったもので、スバル曰《いわ》く、フェニックスの炎も通さないらしい。

「窯に火を入れてやる代わりにいっぱいもらって来たんだー」

とスバルが言った。どうやらレンガ焼き職人の所に行って、フェニックスの火をくれてやる代わりにもらって来たらしい。

「これがねえ……」

とトーリは疑わし気な目でレンガをためつすがめつ眺めた。フェニックスの火で焼き上げたから、フェニックスの火でも燃えない、という眉唾《まゆつば》な話である。しかし丈夫そうなのは確かだ。

「何か焼いたら瘴気まとって出て来たりしないだろうな？」

「しないしない。魔界のレンガ職人が作ったものだもの。城の材にだってなっちゃうのよぉ？　断熱性能もバツグンなんですってぇ」

とシシリアが言った。

（まあ、そういう事で嘘つく筈もないしな……）

使い魔たちも窯の完成を楽しみにしている。進んで材料を集めに行ってくれる辺り、その期待の大きさが窺《うかが》われるというものだ。感性のずれがあるとはいえ、料理がまずくなりそうなものは持って来はすまい。

ともかく設計より先に材料が来てしまった。雨ざらしにし続けるのも気が引けるので、早いところ製作に取り掛からねばなるまい、とトーリは気合を入れた。

数日の間、薪窯のある店を回って構造を見せてもらったトーリは、ひとまず窯の大きさを決めて設計図をしたためる事にした。しかし製図なぞした事がないから手探り状態である。

ひとまず大まかなイメージを描き、そこからそれぞれの尺を取って数字を書き込む。しかし何だかいびつな形の様に思われる。細部を考えると、それが何となくぼんやりしてしまって、中々進まない。

しっかり構造を見学させてもらった筈なのだが、実際どういう風にレンガを組めば煙抜きができるのか、その辺りが非常に曖昧である。

「うーん、やっぱり手作りは厳しいか……?」

レンガで丸い天井を組む方法が、トーリにはわからなかった。斜めにレンガを割り、それをモルタルでくっつけて行けばいい、と理屈ではわかるのだが、実際にやると考えると途方に暮れてしまう。レンガ造りでは、平の天井を作る事はできない。

「いや、こう、少しずつずらしていけば……駄目か。高くなりすぎるな」

ああでもない、こうでもない、と食卓に広げた図に向かってうなっていると、ユーフェミアが後ろから覗《のぞ》き込んだ。

「どう？」

「ああ……いや、全然駄目だ」

と、トーリは椅子の背にもたれた。

いっそ土を練ってドーム状にしてしまった方が早い様に思われる。しかしそれでは折角魔界から持って来てくれたレンガが無駄になってしまう。いっそ窯は土で作って、レンガは納屋か何かを作る方に回そうか。

そんな事を考えていると、外で遊んでいたらしいシノヅキたちがどやどやと帰って来た。

「今日もぽかぽかいいお天気じゃな。おいトーリ、窯はいつ作るんじゃ？」

「いや、今設計を考えてるんだけど、技術的に俺じゃ作れねえかも知れん」

「ぷぷー、それマジ？　相変わらず雑魚すぎでしょ」

とスバルが笑う。トーリは眉《まゆ》をひそめた。

「うるせーな、仕方ないだろ。俺は職人じゃないんだから」

その様子を面白そうな顔で見ていたユーフェミアが、思い出した様に口を開いた。

「助っ人、呼ぶ？」

「え？　助っ人？　誰？」

ユーフェミアはシノヅキの方を見た。

「シノ、魔界に送るからセニノマ連れて来て」

「ああん？　あの引きこもりをか？」

「うん。工作は得意だから手伝ってもらう」

「まあのう……ええわい、行って来ちゃる」

「いてらー」

とスバルがひらひら手を振った。ユーフェミアが杖《つえ》を振って魔法陣を展開し、シノヅキがその中に消えて行く。

「セニノマって……」

「キュクロプス族でね、この家の最初の手直しもしてくれたの」

「へえ」

それは凄《すご》いな、とトーリは感心した。この家も廃屋でこそなかったものの、やはり心地よく暮らす為に色々と手直しをしたのだろう。その後ユーフェミアが散らかし放題にしていたのはどうしようもないが。

小一時間ほど待っていると、不意に小さな魔法陣が空中に浮かび、何か声が聞こえて来た。

『おうユーフェ。捕まえたぞ、このまま呼べ』

シノヅキの声である。その後ろで何だかわぎゃわぎゃ騒ぐ声が聞こえる。「はなせーっ！　戻せーッ！　うおーっ！」と言っている様だから、何かが大抵抗をしているらしい。

大丈夫なのかと冷汗をかくトーリの前で、ユーフェミアは杖を手に取って振った。床に魔法陣が広がって、そこから煙とともにむくむくと人影が現れる。人間姿のシノヅキが、誰かの首根っこを引《ひ》っ掴《つか》んで立っていた。

女の様だ。背はそれほど高くない。左目に眼帯をしており、キャスケット帽子を目深にかぶっていて、下からぼさぼさの茶髪が伸び放題に跳ね散らかっている。着ているのはオーバーオールだ。その上からジャケットを羽織っており、煤《すす》や油で汚れていた。顔立ちは悪くないのだが、汚れているのと恰好《かっこう》が野暮ったいせいでそれがちっとも目立たない。

女は手足をじたばたさせているが、シノヅキの膂力《りょりょく》には敵わないらしく、抵抗になっていない。それでも喚き散らして逃げようとしている。

「あぎゃーっ！　は、はにゃせっ！　おお、おら、地上になんか行きたくねぇよぉー！」

「観念せい。もうここは地上じゃわい」

シノヅキは面倒くさそうに、捕まえていた女を床に放り出した。

「ふぎゃ！」

「やほー、セニノマ、元気ぃ？　また引きこもってたわけぇ？」

とスバルがにやにやしながら言った。

「ス、スバル……？　おめえも人のかっこで何しとるんだ……？」

セニノマは困惑した様に辺りを見回して、とつとつと言った。怯《おび》えた様に身を縮込ませて、上目遣いにスバルを見、それからユーフェミアを見た。

「な、え、あ……ひ、ひえっ……ユ、ユーフェ、ななな、何か……？」

「石窯を作るの。だからあなたにも手伝って欲しい」

「い、石窯……？　なんで？　ユーフェもシノたちも料理なんかしねえべさ……第一、ここどこだぁ……？　ユーフェんちはうちのゴミ置き場より汚かったべ……」

「家事担当がおるんじゃい。ほれ、トーリ。こやつがセニノマじゃ」

「あ、どうも、トーリです……」

とトーリが挨拶《あいさつ》しかけると、セニノマは「ひいいっ！」と悲鳴を上げた。

「おっおっおっ、男の人がいるでねえか！　こっこ、こんな作業着で恥ずかしいべさ！」

と体を抱く様にしてうずくまった。

何だか不思議な人が来ちゃったなあ、とトーリが困惑していると、寝室の扉が開いてシシリアが出て来た。今まで作業部屋に籠《こも》っていたらしい。

「なぁに、何の騒ぎなのぉ？　あらー、セニノマじゃなぁい。どうしたのぉ？」

「ぎょええっ！　シシリアまでいるでねえか！　なんで勢ぞろいしとるんだ！　おらをどうにかしちまうつもりだか⁉　助けてくれーっ！」

セニノマは大慌てで逃げようとしたが、出口にはシノヅキがいるし、窓の傍にはスバルがいるし、慌てて右往左往しているうちにシシリアに捕まってしまった。後ろから抱きすくめられて、怪しげな指使いで顎《あご》や首筋を撫《な》で上げられる。セニノマは悲鳴を上げた。

「うにゃああっ！」

「もう、人の顔見て逃げるなんて、失礼ねえ。うふふ、お仕置きして欲しいのかしらぁ？」

「や、やめるだよっ！　おら、そういう趣味はねえだよっ！」

「あら、そういう趣味ってどういう趣味？　ねえ、こういうの？　ここがいいのぉ？」

「あアんっ！　オおんっ！」

色気皆無の喘《あえ》ぎ声が居間に響く。何だか収拾がつかなくなって来た、とトーリは慌ててシシリアの肩を掴んで引っ張った。

「シシリアさん、ストップ。話が進まねえだろ」

「あん、もう、トーリちゃん強引なんだからぁ」

「うるせえ。あの、大丈夫ですか？」

床にへたり込んではあはあ言っているセニノマに、トーリは遠慮がちに声をかけた。セニノマは窺う様にトーリを見上げた。

「どど、どうも……へへっ、平気だべ、です、だよ」

「とりあえず落ち着いて……お茶でも飲みます？」

「ふえぇ、優しぃい……い、いただきます……」

おどおどした様子だったセニノマも、温かいお茶を飲むと幾分か落ち着いた様だった。

「はぅ、うめえ……」

「お菓子も食べていいよ」

とユーフェミアが焼き菓子の皿を押しやる。

「い、いただくだよ……」

セニノマは焼き菓子を手に取りながら改めて家の中を見回して、何だか不思議そうな顔をしている。

「……おかしいべ。あの窓、あっちの暖炉、おらが手直ししたのにそっくりだ」

「セニノマが直したやつだよ」

とユーフェミアが焼き菓子を頰張りながら言った。

「あっははは、冗談きついべ。ユーフェんちはもっと汚かったべさ。おら、二度と来たくねえって思ったもん」

「じゃろうな。わしもそうじゃったわ」

「ところがどっこい、ここはユーフェんちなんだなー」

とスバルが言った。シシリアが頷《うなず》く。

「そうよぉ、信じられないかもだけどねえ。そこのトーリちゃんがお掃除してくれたのよぉ」

「掃除できるもんなんだべか、あれが⁉」

とセニノマは目を白黒させながらトーリを見た。

「はーっ、人間ってすげえもんだなあ……」

「そんな大層なもんじゃないよ……」

何となくむず痒《がゆ》い気分で、トーリはお茶のお代わりを淹れた。ユーフェミアが口を開く。

「あのね、今、トーリが毎日お料理してくれるの。それで石窯を作りたいんだって。だから手伝って欲しくて呼んだの」

「そ、そうなんだべか……」

セニノマはもじもじしながらトーリを見た。

「あ、改めて自己紹介するだよ。おらはセニノマっちゅうもんです。キュクロプス族で、未熟だけんども個人工房の職人をしてますだ」

「ああ、どうも。俺はトーリっていって、去年あたりからユーフェに雇われてるんだ。よろしくセニノマさん」

「ふへぇ、おらなんかをさん付けで呼んでくれるだか？　照れちまうだぁ……」

とセニノマは両手を頬に当ててにまにま笑った。いくら何でも自己評価低すぎない？　とトーリは何だか心配になって来た。

お茶のお代わりを押しやりながら、トーリは口を開いた。

「そういえばキュクロプス族って初めて聞くけど、どういう人たちなんだ？」

「あのね」

曰《いわ》く、キュクロプス族というのは魔界に住む魔族で、どちらかの目が欠損した状態で生まれて来るらしい。戦闘はそれほど得意ではないが鍛冶《かじ》や建築などに秀でており、アクセサリーや武具の製作に加え、他種族の家屋を作ったり修繕したりという仕事を任される事も多いそうだ。他種族の若者が加工や製作の修業に来る事もあり、一種の徒弟制度の様なものがあるらしい。

キュクロプス族は集団行動をあまり好まず、親方の所で修業を積んだ後は独立して工房を持つ者が多いという。セニノマも一人で工房を開いており、ほそぼそと仕事をしているらしい。シノヅキが馬鹿にした様な顔でセニノマを見た。

「ま、技は持っているんじゃが、見ての通りの引っ込み思案でな。ちっとも人前に出ようとせんから、受ける仕事も少ねえんじゃ、こいつは」

「しし、仕事は丁寧にやりてぇだけだぁ……」

「キュクロプス族の職人は石材も木材も金属も、何でも加工できるって評判なんだよ」

「すげえな。人間はそれぞれに分業してるのに……この家もセニノマさんが直したんだっけ？」

「そそそ、そうだぁよ。なのにユーフェ、すーぐに散らかし放題にして……お、おらだって、気分を害したんだぞう！」

「ごめんね」

とユーフェミアが言うと、セニノマの方がうろたえた様に手を振った。

「いいい、いいよぉ！　許すよぉ！」

「うん、許される」

「ふへぇ、許されてくれてありがとう！」

何だろうこのやり取り、と思いつつも、何だか雰囲気が和らいだのでトーリはホッとしてお茶を一口飲んだ。

「まあ、あの散らかり方はなあ……でも家の造りは凄いよな。ユーフェが荒らしてたのに、片付けたらどこも問題なく使えたし」

「ふひっ……お、おら、褒められてるだか？」

「ええ、とっても褒められてるわよぉ」

とシシリアが言うと、セニノマは手元のカップに目を落としつつ、緩む表情を抑えられないとい
う顔をした。しばらくにやにやしていたが、それからパッと顔を上げた。

「ふへっ、ふへへっ……そそ、それで、何の用だか？　おっおっ、おらにできる事なら、なぁんで
も手伝ってやるだよ！」

機嫌がよくなったせいか、呼ばれた時の態度と真逆である。シノヅキが呆《あき》れた様に言った。

「相変わらずおだてられると弱い奴じゃわい」

「にしし、それがいいトコだよね、わかりやすくて」

とスバルが笑う。おめーらも大概だよとトーリは思った。

それで外に出た。積まれたレンガを見てセニノマが「おおう」と言った。

「赤毛のガラフの工房のレンガでねえか。こんなにいっぱいどうしたんだべか？」

「わしらで持って来たんじゃ。量は足りるんか？」

「大きさにもよるだが、十分だと思うだよ」

「それで、この辺に窯を作って、色々焼きたいと思ってるんだけど」

とトーリが予定地を示すと、セニノマは顎に手を当てて目を細めた。

「ここがいいだか？　どうしても？」

「え？　いや、どうしてもってわけじゃないけど……」

何かまずいのだろうか、とトーリが眉《まゆ》をひそめていると、セニノマがふふんと鼻を鳴らした。

「別にここでもいいだが、炊事場は一つにまとめた方がええだ。窯を設えるなら屋根もねえといか

ん。雨ざらしにしちまったら、魔界産のレンガでもあまりよろしくねぇ」

「あー、それもそうか……」

確かにそういう問題がある。それに、先の冬の雪では外に出るのも一苦労だった。冬に使えないのは少々勿体《もったい》ない。

「じゃあ、屋根を作って……」

「それでもええだが、トーリさん、石窯で何を焼きてえだか？　パン屋の窯と、料理屋の窯は少し違うだよ？　熾きで調理してえのか、火が立った状態で使いてえのか、用途によって窯の構造やデザインが変わって来るだよ。それにあんまし大きくすると薪食い虫になっちゃうだ」

「そうか……そうだな」

言われてみればそうである。別に毎日パンを焼くつもりはない。家事は料理以外にも毎日あるし、気軽に町に行ける様になった今は、パンは買った方が早いし手間もかからない。焼き立てが食べたくても量なぞ高が知れているから、パン屋の様な大きな窯なぞ必要ないのだ。

「例えば、肉のローストとか、パイとか、あとは包み焼きとか、そういうのかな。焼き菓子とかもできたらいいなあとは思ってるけど」

「めちゃ大きな窯でなくてええっちゅう事だべな。そんなら台所を増築しちまった方がええだよ。薪を扱う場所はまとめておいた方が運ぶのも楽だし、あっちこっちで火を焚《た》いてたら思わぬ所から火事になるかも知んねえだ」

「だ、台所を増築？　どうやって？」

「行ってみるだよ」

それで台所に入る。入って右手にキッチンストーブがあり、左手には小型の井戸ポンプと流し台、正面には調理台がある。壁の上の方には棚があって、そこに食器や鍋《なべ》などが重ねられていた。台の下も食材やら調理器具やらで雑然としている。ここの主であるトーリには何がどこにあるのかすべてわかっているのだが、一見ごちゃごちゃしている様だ。

それでもユーフェミアだけだった頃とは違って、きちんと生活感のある風だから、セニノマが感嘆の声を上げた。

「ひゃー、台所がちゃんと台所だべさ！」

「で、どこを増築するの？」

トーリが言うと、セニノマはキッチンストーブをこつこつと叩《たた》いた。

「こいつを一度解体して、壁をぶち抜いて、軒を延ばして広くするだよ。それでキッチンストーブのオーブン部分を大きめに作り直すだ。トーリさんの言う様な使い方なら、キッチンストーブと一体化させちまった方が使いやすいだよ」

成る程、そう言われてみればそういう気分になって来る。

「……ここの火元が大きくなったら、夏の暑さが増したりしない？」

「あっ」

セニノマは口元に手をやった。

「そ、そっか……今が涼しいから思い当たらなかっただよ……」

「ここ暑いんだよ、夏は特に」

「風通しの問題もあるんでねえか？　ほれ、今は窓が調理台の前の小さいのだけだし、増築した方の、キッチンストーブの上に窓をつけて」

「えー、と、そうなると、煙突がどういう風に抜ける？」

「一旦《いったん》外に逃がすだよ。そうして外壁を伝って……」

とセニノマは懐から手帳を取り出して図を描き始める。

「つまり、最初にキッチンストーブの枠組みを作って、その上から壁を立ち上げるだ。で、ここに窓を作って、煙突は横に逃がしてから上に行って。高めにすれば横に延ばしてもちゃんと煙を引くと思うだ」

「ほうほう」

手帳を覗《のぞ》き込む様に二人でごそごそやっていると、間にユーフェミアが割り込んで来た。頬を膨らましている。

「まぜて……」

「え？　いや、でもユーフェ、お前建築とかわかるのか？」

「いいの」

「いや、でも」

「いいの」

断々乎として、トーリの腕をぎゅうと抱いた。後ろの方でシシリアたちがくすくす笑っている。

「嫉妬《しっと》しちゃって、ユーフェちゃん可愛い」

「おいトーリよ。色気皆無とはいえセニノマは女じゃぞ」

ああ、そういう事か、とトーリは苦笑しながらユーフェミアをぽんぽんと撫《な》でてやった。セニノマはわけがわからないという顔できょとんとしている。

「トーリさんはユーフェの何なんだぁ？」

「お婿さん」とユーフェミアが言った。

「違う」

「お婿さん予定」

「ちが……くない、のか……？」

歯切れの悪い事をもごもごと言うと、セニノマは頬を染めて「ひゃー」と言った。

「おら、ちっとも知らなかっただよ」

「知ってたらびっくりだよ。ほら、早く進めようぜ」

それでおおまかな設計を決めて、詳細な製図はセニノマに任せる事にした。そこから計算して材料を揃え、それからようやく工事に取り掛かる事になる。それはまだ数日先だろう。

ちょうど昼になるという時分でもあるし、使い魔たちが空腹を訴え始めたので、トーリは昼食づくりに取り掛かった。

朝のうちに練って置いておいた生地を延ばして麺《めん》に切り、沸いたお湯で茹《ゆ》でながら、刻んだ肉と野菜をフライパンで炒《いた》めたところに、冷蔵魔法庫《フリッツジ》から出したスープストックを加えて煮込んだ。茹で上《あ》がった麺と菜の花を入れてソースと和え、バターを足し、削ったチーズを振りかけて皿に盛り付けた。

セニノマが台所を覗き込みながらそわそわしている。

「ええにおいがするだ……お腹が鳴っちゃうだよ」

「おいしいんだよ、トーリの料理」

「お、おらもご相伴してええだか？」

「嫌なの？」

「ち、違うだ！　ただ、その、場違いじゃねえかと……」

「そんな事ないよ？」

もじもじしているセニノマに、トーリはパスタの大皿を手渡した。

「ほい、お待ちどう。持ってって」

「はわわっ！　す、すげえ量だ！」

「いっぱい食べよ。行こ行こ」

山盛りのそれが現れると、たちまち食卓が陽気になった。熱い湯気を立てるパスタだから、掻っ込みたいのにそうもいかず、しきりにふうふう吹いている。

セニノマは緊張気味にパスタをフォークで巻き取り、ためらいがちにぱくりと頬張った。たちまち表情がパッと輝く。

「口に合った？」

水のピッチャーを持って来たトーリが言うと、興奮気味にこくこくと頷《うなず》く。

「う、う、うめへっ！　こんなの食った事ねえだよ！」

前にスバルから聞いたリンゴの話もあるし、魔界ってそんなに飯がまずいのかしらん？　とトーリは肩をすくめた。

「大げさだよ……」

皆夢中になっているし、今のうちに、とトーリは塊肉を切り分けて、熱くなったフライパンで焼く。表面に焼き色が付いたところでニンニクと香草を刻んで加え、火からおろして蓋《ふた》をし、余熱で火を通す。

小鍋に沸かしておいたお湯に腸詰を放り込み、茹でている間に葉野菜をちぎり、根菜を薄く切って、潰《つぶ》した塩漬けの小魚と油、胡椒《こしょう》と酢を混ぜたドレッシングで和える。出来上がったサラダの脇に火の通った肉を並べ、茹で上がった腸詰に辛子も添えた。

たっぷりの焼肉にシノヅキが歓声を上げた。

「うおー、肉じゃ肉じゃ！」

「シノ、ボクの分取らないでよ！」

「早い者勝ちじゃ！」

「わわっ、ま、まだ出て来るだか⁉　なんて豪華なんだぁ……」

「セニノマさん、いつも何食べてんの？」

「えーと、昨日はビスケットとお茶だっただよ。その前もビスケットとお茶で……その前はなんとビスケットとお茶だっただよ！」

トーリは額に手をやった。セニノマの場合は魔界の食事云々ではなく、普段の食事の問題の様である。

ユーフェミアがちょんちょんとトーリをつついた。

「トーリ。あのチーズの味のお米、食べたい」

「リゾット？　ちょっと時間かかるぞ」

「いいよ。待ってる」

「トーリちゃん、取り皿もうひとつくれない？」

「はいはい、ちょっと待って」

トーリはスープストックを温めながら、脇で米を炒めた。米が油を吸って透明になって来たら、温かいスープを加えて炊く。ついでに茸《きのこ》も入れた。焦げない様に時折底をこそぐ様に混ぜるが、なるべく混ぜすぎない様にする。混ぜすぎると粘りが出る。

芯《しん》がなくなるまで炊けたら、チーズとバターを加えて混ぜ、仕上げに胡椒を振る。

いつの間にか後ろに来ていたユーフェミアが、面白そうな顔をして覗き込んでいた。

「これ、好き。おいしい」

「そうか。そこの皿取ってくれ」

「うん」

改築が始まるとなると、今の形の台所で料理をするのも数えるくらいだろう。

まだここに来て一年そこいらだけれど、トーリは不思議な寂寥《せきりょう》感を覚えた。

9. 町にて

台所で料理ができない間は居間の暖炉が調理場になる。足つきの鍋や五徳、ダッチオーブンの出番だ。いつもはスープやシチューを煮込むだけの場所になっていたが、しばらくはここで様々な料理を作らねばならない。

トーリは暖炉の灰を片付けながら、工事中の台所に目をやった。セニノマがキッチンストーブを解体している。ハンマーで壊すのではなく、器用にレンガの継ぎ目にナイフの様なものを入れ、レンガ一つ一つを割らない様に剥《は》がして、表面についたモルタルも綺麗《きれい》に取り除いている。再利用する心づもりらしい。

「それ、まだ使えそう?」

「使えるだよ。でもせっかく魔界のレンガもあるし、足部分をこいつで組んで、火の当たる部分を魔界レンガにするだ」

作業をしているセニノマは楽しそうだ。キュクロプス族だからなのかはわからないが、こういった事が心底好きという風な顔をしている。煤《すす》汚れがついていてもちっとも気にしていない。

ユーフェミアたちは朝から出かけている。ギルドから再び大口の回復薬の納品希望があり、その後も薬を定期的に納めて欲しいという事で、その材料を集めに出かけているのである。唐突に多く納品するのもいいが、月にいくつと数を決めて納めてしまう方が収入も安定するからと快諾した形だ。

最近は〝白の魔女〟として冒険者の依頼を受ける事も減っている様に思われる。アズラクのバブル状態によって冒険者の数は足りているのだ。〝白の魔女〟に頼らざるを得ない状況が生まれづらくなっている様である。

冒険者は仕事を受けなければ当然無給である。前の回復薬の代金でかなり余裕はあるものの、仕事のないユーフェミアはどうするのかなと心配していたトーリは、この安定した収入源の発生にホッと胸を撫で下《お》ろした。

逃がしておいた種火に薪を重ねて火を起こす。もう昼が近いから昼食を作らねばならない。ユーフェミアたちには弁当を持たしたから、二人分作ればいいだろう。

生地に肉と野菜を炒めた具を包んで、ダッチオーブンに入れて暖炉に置く。ふたの上にも熾火を載せる。その間に別の鍋《なべ》にスープを作った。干し肉と茸と香草を使ったシンプルなものだ。

焼き上がった具包みパンを切って、トーリはうむと頷いた。

「セニノマさん、飯できたよ」

「おー、今行くだー」

少しして、台所から埃《ほこり》だらけのセニノマが出て来た。頬や額には煤汚れが目立つ。

「ひゃー、今日の飯もうまそうだぁ」

「その前に、手を洗って来なさい。あと外で服の埃はたいて来て」

「はわわっ、しっ、失礼しましただよ」

セニノマはわたわたと家の外に出て行った。傍若無人な使い魔どもとやり合って来たトーリとしては、素直に言う事を聞くセニノマは随分扱いが楽である。声を荒らげる機会も全然ない。

手と顔とを洗ってさっぱりしたセニノマと、食卓を挟んで向き合った。

「ふえぇ、いただきますだ。たた、食べちゃっていいだか？」

「どうぞ、好きなだけ」

「ふひっ……ふひひ……」

セニノマは背中を丸める様にして具包みパンにかぶりつき、幸せそうに表情を緩めている。このキュクロプスも実によく食べる。魔界の住人は健啖家《けんたんか》ばかりである。作り甲斐《がい》はあるけれど、どんどん作る量が増えて行くので、トーリは何となく気が気でなかった。

「んふふふ、うめえだぁ……こんなのばっか食っとったら、ビスケットとお茶だけの生活には戻れなくなっちまうだよ」

「いや、それは戻らない方がいいのでは？」

正直、心配になる食生活である。セニノマはスープをすすってにへらと笑った。

「だけんども、おら、料理できねえだよ」

「手先器用なのに？」

「味付けのセンスがねえだよ……色々工夫する様にしてたんだけどなぁ」

「……もしかして、最初からアレンジしようとしてない？」

「そりゃ、レシピそのまんまはキュクロプス族の名が廃るべさ」

トーリは額に手をやった。基本ができる様になる前からアレンジを加えようとするのは料理下手の典型である。工作と料理は違うらしい。

腹いっぱいになったらしいセニノマは、両手でお腹をぽんぽんと叩《たた》いた。

「ふはー、満足だぁ……お昼寝したくなっちゃうだよ」

「まあ寝てもいいけど……今日も帰るの？　泊まって行ってもいいんだけど」

「ととと、とんでもねえ！　おら、枕が変わると安眠できねえべさ！　寝不足だと仕事に差し支えちゃうし、帰るのが一番だぁよ！」

工事に取り掛かり始めて二日ばかり経つが、セニノマは毎晩魔界に帰っている。神経質な側面があるせいか、それとも他の使い魔どもに弄られるのが嫌なのか、いずれにせよ夜帰って、また朝に来る。通勤の様な感じである。夕飯を食って、風呂《ふろ》まで入って、それで帰るのだから、中々好待遇な職場ではなかろうか。

皿を片付けたトーリは、椅子に座って幸せそうにふにゃふにゃ言っているセニノマを見た。

「セニノマさん、俺ちょっと買い物に出て来るけど、いい？」

「ふえっ⁉　え、ええけど……お客さんとか来ねえべか？」

「来ないよ、こんな所に。テーブルのお菓子は食べていいからね」

それでリュックサックを背負い、転移装置でアズラクに飛んだ。

いいお天気である。陽気もぽかぽかしていて、満腹の体は容易に睡魔に負けそうだ。

表通りに出ると、急に辺りが賑《にぎ》やかになった。アズラクの町の賑わいが日に日に増しているのをひしひしと感じる様だ。トーリは人ごみに迷わない様にしながら、市場に向けて歩き出した。

市場も人でごった返していた。最近また新しいダンジョンが近場に見つかったとかで、冒険者たちはそちらの探索に精を出している様だ。持ち帰られたアーティファクトや素材が既に市場に出回り始めているらしく、目ざとい行商人が仲買人と交渉している光景があちこちに見られた。

香辛料などを扱っている露店の前は、それらの入り交じったにおいが漂っている。形もにおいも様々な香辛料の、粒と粉とがそれぞれ大小の袋に入れられて並んでいる。香草の類はどれもからからに干して砕かれたものがあった。

トーリは店先で体をかがめて、それらをゆっくりと確認した。指でつまんで軽くひねって香りを嗅《か》ぎ、それから店主の方を見る。

「ちょっと味見てもいい？」

「いいよ。直接顔突っ込むのはやめろよ」

「しねーよ、そんな事。する奴いんのか？」

「いるんだよそれが、たまに」

「マジかよ」

トーリは手の甲に香辛料を載せて、ぺろりと舐《な》めた。舌にひりりと刺激があったが、後味にほんのりと甘みのある不思議な味わいである。どちらかというと香りの方が強い。

「これとこれと……あとこっちは粒でもらおうかな。辛みのあるのはどれ？」

「これだ。あとこれ。かなり辛いから気をつけろよ」

使った事のない香辛料や香草を買い、どんな料理に合わせようかと思案する。

家事も単なる繰り返しと化すとマンネリになって嫌気が差すけれど、試行錯誤をして楽しみを見出すと飽きが来ない。特に料理にはすっかりのめり込んでいる。

普段は足を止めないけれど気になっていた店などを覗《のぞ》き、こまごまと調味料や瓶詰の保存食、乾物、いくつかの生鮮品を買った。土産にと甘いお菓子なども買っていたら、いつの間にか持ち重りがするくらいになっている。

「しまった、調子に乗りすぎた……」

籠《かご》もリュックもパンパンである。持って帰れないわけではないが、人ごみの中を通って行くのに少々骨が折れそうだ。どうも視野が狭くなるのがいかんなあ、とトーリは頭を掻《か》いた。『泥濘《ぬかるみ》の四本角』の時代にも、こんな風に大荷物で人ごみに行き当たって難儀した記憶がある。

広場の一角である。ここも露店が並び、人が行き交っているが、隅の方は立ち止まって腰を落ち着けられる場所もある。

そこで荷物を降ろして、露店で買ったケバブをかじった。炙《あぶ》った肉と野菜とがピタという薄いパンにはさまれていて、甘辛いタレがたっぷりかかっている。うまい。

「このタレは……今日買ったスパイスでできるかなあ？」

頭の中で香辛料の配合を考えながら、指についたタレをぺろりと舐めた。町に出た時は買い食いするのが楽しみである。他人の味付けは参考になるし、気持ちが盛り上がるのだ。

買う時は食えそうに思って、違う味付けのものを一つずつ、計三つ買ったのだが、昼食をちゃんと食べていた事もあって、二つ目の中盤でもう沢山という気になった。

日は長くなりつつあるが、もう日差しが傾いている。高い建物が影を長く伸ばし、通りはもう日陰になっていた。

帰って夕飯の支度をしなけりゃと思いながらも、目の前を行き交う人の波を見ていると、一歩目をどう踏み出したものか悩む。そして、余ったケバブをどうしようかと思う。

まごまごしていると、小さい人影がひょっこり現れた。

「ああ、くそ、クリスめ。またあたしを見失いやがって……」

女の子だ。フードをかぶって、黒髪が覗いている。人ごみから抜け出して来た少女は、トーリの横に来てふうと息をついた。

「ここ、大丈夫っすか？」

「え？　ああ、どうぞ」

「どもっす」

少女は壁に寄り掛かった。十歳かそこらにしか見えないが、何となく佇まいが大人びている様に見えた。

不意に、きゅうという音がした。見ると、少女が腹に手をやって顔をしかめていた。

「失礼したっす……」

「……大丈夫？　腹でも減ってるの？」

「いや、まあ……この辺、いいにおいがするもんっすから。でもお金持ってないんで」

と少女はバツが悪そうに視線を泳がした。トーリは持ったままだったケバブを差し出した。

「よかったら食べる？　口は付けてないから」

「え、マジすか。いただくっす」

躊躇《ちゅうちょ》なく受け取って、少女はケバブにかじりついた。口の周りがソースで汚れるのもお構いなしである。

「んぐ、うめえっす」

「そりゃよかった……」

これでケバブが片付いた、とトーリはホッとした。シノヅキやスバルがいればこういう問題は起こらないのだが。

たちまちケバブを平らげた少女は、口の周りについたソースを舐めた。

「ごちそうさまっす。うまかったっす」

「どういたしまして。まあ、露店で買った余りだけどね」

「でも助かったっす。腹減ってて……人ごみは苦手っす。周りが全然見えねえっす」

「ああ、そうだろうなあ……」

十歳かそこらの背丈しかない彼女には、人ごみの中は大変だろう。

少女は鼻をひくつかして、それからトーリの荷物を見た。

「超スパイスくさいっすね。お買い物っすか」

「まあね。あんたも？」

「あたしは冒険者ギルドの帰りっす。でも仲間とはぐれちまって、迷子っす。アズラクは人が多くて大変っすね」

「ギルド？　もしかして冒険者やってんの？」

「あ、そうっす。あたしロビンっす。よろしく」

「ああ、俺トーリね。よろしく」

また会うかはわからないが、名乗られたからには名乗り返さねばなるまい。

ロビンはふあと欠伸をした。

「トーリさん、お礼と言っちゃなんすけど、困った事があれば相談してくださいっす。『破邪の光竜団』が力になるっすよ」

「『破邪の光竜団』？　……え、白金級《プラチナ》の？　セリセヴニアの？」

「あら、御存じっすか。あたしらも有名になったもんすね」

とロビンは笑った。

『破邪の光竜団』の名前はトーリも知っている。セリセヴニアでは並ぶ者のない一流クランだ。他地域の白金級《プラチナ》クランが増えているとは聞いていたが、まさか彼らまでアズラクにいるとは思わなかった。

ロビンは両腕を上げてうんと伸びをした。

「あー、この中を帰るのが憂鬱《ゆううつ》っす……アズラク、賑やかっすねえ」

「セリセヴニアはそうでもないの？」

「人は多いっすけど、こっちのが凄《すご》いっす。来たばっかで土地勘ないし、困ったもんすよ」

セリセヴニアはアズラクよりも南東に位置する都市で、貿易の要所として栄えている。近場にダンジョンも多く、冒険者の数も多い。しかしアズラクよりも落ち着いた雰囲気で、ごちゃごちゃしているわけではないらしい。

「セリセヴニアじゃ安泰だったんじゃないの？　なんでアズラクに？」

とトーリが言うと、ロビンは頬を掻いた。

「安定って退屈なんす。強い連中とやり合うのが楽しいっすよ。天辺は守るよりも取りに行く方が面白いっす」

「ふぅん？」

つまり、競争相手がいなければつまらないという事だろうか。ある意味では冒険者らしい考えとも言える。

冒険者は荒事を生業にしているから、上を目指す者同士は競い合いから潰し合いに発展する事もある。ロビンは天辺を取るなどと言っていたから、『破邪の光竜団』はアズラクでも一番を目指しているのだろう。中々好戦的なクランの様だ。

ユーフェミアと競り合う様な事になるのだろうか、と思ったが、それでもやはりユーフェミアとその使い魔たちが負ける様な事態が想像できない。誰が相手でも涼しい顔で倒してしまうだろう。

（……まあ、ユーフェはそういう事に興味はなさそうだが）

ユーフェミアは規格外に強い存在ではあるが、そういった競争事には無頓着《むとんちゃく》そうな印象がある。そんな事をするよりもごろごろしていた方がいい、と言いそうだ。

「団長！」

そこに黄髪の男が人ごみを掻《か》き分けてやって来た。両手に串焼《くしや》きを沢山持っている。

「また迷子になって！　小児性愛者に連れ去られでもしたらどうするんですか、このオタンコナス！」

「うるさい腐れビョウタン。お前があたしを見失うのが悪い」

「なんですと！　よそ見していなくなるのはいつもそっちの癖に何を言いますか！」

「あ、そっちの串焼き寄越せ。ソースのかかってる方」

「話を聞きなさい！　豚の方でいいですか」

目の前で急に妙なやり取りを始めた凸凹コンビに、トーリが目を丸くしていると、串焼きを咥《くわ》えたロビンが思い出した様に顔を向けた。

「トーリさん、このアホがクリストフっす。うちの副団長っす。もぐもぐ」

「ん？　誰だね、君は！　どうしてうちの団長と一緒にいるんだい⁉　僕はクリストフだよ、よろしくね！　もぐもぐ！」

「あ、どうも、トーリです……いや、偶然ここで会っただけで……というか団長？　なの？　『破邪の光竜団』の？」

とロビンを見ると、屈託なく頷《うなず》いた。

「そうっすよ」

「マジかよ……なのに飯買う金もなかったの？」

「あたし、無駄遣い嫌いなんす」

「ドケチなのだよ、このちびっ子は！　団長の癖に、団員に酒の一杯も奢《おご》った事がないんだから！」

「ちび言うな」

「は、はあ」

何だかご機嫌な連中だな、とトーリが呆《あき》れていると、ロビンが出し抜けに言った。

「そういえばトーリさんは、〝白の魔女〟っていう冒険者を知ってるっすか？」

出し抜けにそんな事を言われて、トーリは面食らった。

「知ってるけど……」

「ふむ……やっぱり有名なんすね。何でもアズラク最強とか聞いてるっす。フェンリル、フェニックス、アークリッチ……なんか魔界のやべー連中を使い魔にしてるとか」

「まあ、そうらしいね」

トーリはやや警戒しつつ、言った。ロビンたち『破邪の光竜団』が競争好きかつ喧嘩《けんか》好きであれば、アズラク最強などと言われている冒険者は格好の標的だろう。しかし危険である。ユーフェミアに負けるという意味で。

「……〝白の魔女〟にも勝とうって思ってる？」

「そりゃ天辺取りたいっすからね。それに、この前あたしらが飛竜で飛んでる時、背中に人が乗っ

たフェニックスが突っ込んで来た事があるんす。地上に野生のフェニックスなんかいないし、アズラク周辺じゃ、〝白の魔女〟しか使役してないらしいし、喧嘩を売られた以上、やり返さないとこっちの面子も立たねえっす」

（スバルーッ！）

トーリは目を伏せた。あのバカ野郎と思ったが、その突っ込んだ時に他でもない自分が背中に乗っかっていた事はちっとも知らない。

ロビンはうんと伸びをした。

「まあ、今は他の事で忙しいんで……それに他の白金級《プラチナ》連中を下してからじゃないと、アズラク最強に挑むのは早いっすよね」

「それに最近はその魔女もギルドに現れないからね！　中々お目にかかる機会がないのだよ！　それにほら、僕らも忙しいものだから！」

「でも薬の納品はしてるらしいっすよ。なんか、元白金級《プラチナ》クラン出身の仲間がいるとか」

「〝白の魔女〟が全面信頼している男らしいね！　トーリ君、きみ知ってるかい？」

「……い、いや。よくわからん」

「まあ、シャバの人は冒険者の事はわからんすよね」

「しかしその男に会えれば、魔女にも会えるでしょう。そっちが手っ取り早そうですよ、団長」

「まあ、そうかも知んないけど」

なんだかまずそうだぞとトーリが冷や汗をかいていると、またしても人影が差した。見ると鎧《よろい》を着てバスターソードを携えた偉丈夫が立っていた。こげ茶色の短髪には白髪が混じっているが、顔立ちはまだ若い。三十を過ぎたくらいだろうか。具を挟んだパンを持っている。

「ふん、騒がしいと思ったら『破邪の光竜団』か」

「ああ、『覇道剣団』の……ガスパチョさん？」

「ガスパールだ。物覚えが悪い奴だな」

「興味ない人の名前は覚えないんす」

ロビンが言うと、ガスパールは顔をしかめ、後ろをちらと見た。彼と同じく重装備に身を固めた一団が後ろに見えた。

「精々吠《ほ》えておくんだな。アズラクのトップに立つのは我ら『覇道剣団』だ」

「あら、まだそんな寝言を仰っているんですね」

別の声がした。見るとふわふわしたプラチナブロンドの髪の毛を肩辺りで整えた美女がいた。二十代前半というくらいの涼し気な顔立ちだ。薄青のローブに身を包み、飾りのついた杖《つえ》を携え、焼き菓子の入っているらしい袋を持っていた。魔法使いらしい。後ろには部下らしい連中が控えている。

ガスパールがふんと鼻を鳴らした。

「ローザヒル……女狐め」

「なんか用すか？」

「いえ、通りがかっただけです。ガスパチョさん、ロビンさん、アズラク最強はわたしたち『憂愁の編み手』です。あなた方ではとても無理ですよ」

「貴様らの様なモヤシには尚更無理だな。大人しく家で本でも読んでいろ。あとガスパチョではなくガスパールだ」

とガスパールが毒づいた。ローザヒルはふふんと笑った。

「本さえ読めなさそうな方がよく仰いますこと」

「やあやあ、皆さんお揃《そろ》いでぇ」

また別の声がした。明るい色の服を着てタコスを持った若い男がいた。肩にはローブを羽織り、青みがかった黒髪を束ねている。優男風の顔立ちだが、それが却って女好きのしそうな雰囲気を漂わせていた。ロビンが嫌そうに舌を打った。

「マリウス……うざいのが来やがったっす」

「白金《プラチナ》級の団長さん方が顔つき合わして、どうしたんですかぁ？　俺ら『落月と白光』も交ぜてくださいよー」

マリウスはへらへらしながら言ったが、目は油断なく辺りを見据えていた。後ろにいた仲間らしい連中もけらけらと笑う。

ガスパールが嘲笑《ちようしよう》を浮かべ、手に持ったパンをかじった。

「軽薄な連中だ。貴様らの様な者にアズラク最強は似合わん。もぐもぐ」

「それを言うなら、あなたの様な野卑な方々にも似合いませんね。もぐもぐ」

とローザヒルが焼き菓子を頬張りながら言った。マリウスが笑いながらタコスを口に運んだ。

「もー、仲良くしましょうよぉ。そんなつんけんしたって、俺らが一番なのは変わらないんですから。もぐもぐ」

「どいつもこいつも身の程を知らねえっすね。天辺取るのはあたしら『破邪の光竜団』っすよ。もぐもぐ」

「おっ、ロビンちゃん、その串焼きうまそうじゃん。一口ちょうだい、タコス一口あげるから。もぐもぐ」

「近寄るんじゃねーっす。ドタマ撃ち抜くっすよ。もぐもぐ」

（……食べるのやめてくんねえかなぁ）

『覇道剣団』、『憂愁の編み手』、『落月と白光』、そして『破邪の光竜団』。どれも音に聞こえた白金級《プラチナ》の実力派クランだ。他地方で活躍していたのが、バブル状態のアズラクでさらなる飛躍を狙って来たのだろう。その団長同士でバチバチと火花を散らしているから、迫力のある光景の筈《はず》なのだが、全員何か食べているので、どうにも緊張感に欠ける。

間の抜けた様な気分でトーリがげんなりしていると、ローザヒルが窺《うかが》う様な目で他のクランの面々を見回した。

「さて……あなた方もギルドから話を貰《もら》った様ですが？」

「無論だ。我の他に声をかける必要なぞないというのにな」

とガスパールが言うと、マリウスがにやりと笑った。

「弱い犬ほどよく吠えるっていいますよねぇ」

「なにぃ？」

「喧嘩するんじゃねーっす、めんどくさい。おたくら全員揃ってあたしらの前で膝《ひざ》つく羽目になるんすから、デカい口叩《たた》くんじゃねーっす。もぐもぐ」

「えへへへ、ロビンちゃんになら跪《ひざまず》いてもいいけどねえ。もぐもぐ」

「幼女趣味の変態めが、勝手に跪いていればいい。もぐもぐ」

「ふふ、数日もすればあなた方の悔し気な顔が並ぶわけですね。楽しみですわ。もぐもぐ」

何の話だかさっぱりわからないが、聞いてみる勇気はないし、考えてみればトーリがこの場にいる必要はない。さっきの話の流れも危なかったし、逃げねばなるまい。

トーリは荷物を持ち直した。団長どもはまだ火花を飛ばし合っているし、特に挨拶《あいさつ》も要らんだろう、と隣に立っていたクリストフにだけ声をかけた。

「行くわ。じゃあね」

「君、まだいたのかい。こんな騒ぎに付き合ってないで帰ればよかったのに」

言われてみればそうである。しかし、そもそもトーリのいた所にこの連中が集まって来ただけなのだが、もう行こうと思う。トーリはやれやれと頭を振って帰路に就く。

『破邪の光竜団』に目をつけられているのは厄介だが、ユーフェミアたちが負ける光景は想像できない。ユーフェミアの関係者として自分が取っ捕まるかも知れないが、冒険者といえどならず者ではない。よっぽどひどい目に遭う事はないだろうし、それを怖がって買い物を控えるわけにもいかない。かといってトーリの方から名乗り出ても却って状況が混乱しそうだ。〝白の魔女〟の正体に関するところにまで話が転がる事になれば面倒くさい。

あれこれと考えてみたものの、悩んだところで仕方がないし、そのうち自然に解決するだろう、とトーリは考えるのをやめた。

それにしても、あの団長たちは何の勝負をするつもりなのだろう。ギルドから云々と言っていたから、彼らに特別な依頼が持ち込まれたのかも知れない。それに関して競い合っているというわけなのだろうか。ともなれば『蒼の懐剣』も巻き込まれている可能性は大いにあり得る。

(……まあ、いいか)

ともかく路地裏に入って、転移装置を使って帰った。

まだユーフェミアたちは戻っていなかった。食卓の上のお菓子の皿は空っぽである。

セニノマはもうキッチンストーブを分解し終わっていた。その跡の床を平らにして、そこに新しく設えるキッチンストーブの大きさが、炭を使って書いてある。そこに合わせてレンガが並べられ始めていた。まだモルタルを塗ってはいないから、構造とサイズの確認であろう。

セニノマは夢中になっているらしく、トーリに気づいていない。

「ただいま」

「ひょわあっ！　おっ、おおお、お帰りなさいだよ！」

セニノマはわたわたしながら立ち上がり、その拍子に積んであったレンガを盛大に崩した。足の甲に一つ落っこちて来て、セニノマは足を押さえて跳び上がった。

「あぎゃーっ！」

「ちょ、落ち着いて……」

キッチンストーブ周りは片付いているとはいえ、台所にはまだ食材やら調理道具やらが置いてある。二次被害が出る前に、トーリは混乱気味に右往左往するセニノマを居間に引っ張り出した。一々落ち着きがないのは他人を前に緊張しているからなのか、単にそそっかしいだけなのか、イマイチ判然としない。

「ふぐぅ……」

「大丈夫?」

「だ、だ、大丈夫だべ……キュクロプス族は丈夫なんだ」

セニノマは足の甲をさすりながら言った。まあ、魔界の住人ならば、レンガごときで怪我をする事もあるまい。痛い事は痛い様だが。

「お菓子全部食べたのね」

「あっ、い、いただいただよ。えっ、あ、な、何かまずかったべか?」

「いやいや、食べてよかったんだよ。ただ、食欲あるなと思って」

「ふ、ふへへ……地上は食いもんがうめえだよ」

とセニノマは照れ臭そうに言った。他の使い魔たちも皆そう言う。類推するに、魔界の連中は基本的にうまい食い物には目がない様に思われた。

(……もしかして、魔界の住人って簡単に飼いならせるのでは……?)

何だか変な考えがよぎり、トーリはぶるぶると頭を振った。

「で、もう作り始める？」

「んだ。でも壁をぶち抜く必要があるだよ。でももう日が暮れそうだし、夜風はつめてえし、明日にするだ」

確かに、夜に台所の壁に穴が開いていたのでは困る。

「作り出して、どれくらいで完成しそう？」

「キッチンストーブだけで考えれば、三日あればできるだよ」

「え、早……」

「そりゃもう構造は決まっとるし、材料も揃っとるもん。まあ、モルタルの乾燥も考えると、使えるにはあと一日かかるだな。それに下屋を延長して壁も作らにゃなんねえし、その分の木材の削り出しも必要だけんど……まあ、十日あれば余裕だぁ」

「すげえなあ……」

「尤《もっと》もおらは未熟だで、そんだけかかるけんど、もっと熟練のキュクロプス族の職人だったら七日のうちには全部片付けまで終わらしちまってるだが……」

「もっと早いのかよ……」

「んだ。おら、キュクロプスん中でも随分小柄で力も弱えから……」

本来キュクロプス族は巨人と形容される事もあるくらい体が大きく、力も強いらしい。

「どれくらい大きいの？」

「おらの倍はあるだよ。おっきいのは三倍くらいはあるだ」

この屋敷の天井に頭がつくくらいの個体もいるという事だ。確かにそれくらいの巨体ならば重い材料なども軽々と持ち上げてしまうだろう。セニノマはトーリよりも背が低いくらいだから、かなり小柄である事は間違いない。

大柄で力があるのに手先も器用とは、魔界の職人は凄《すご》いなあとトーリは思った。

風呂《ふろ》に火を入れつつ、夕飯の支度をしていると、ユーフェミアたちが帰って来た。大量の素材が居間に運び込まれた。

「うわ、またすげえ量だな」

「定期納品もあるし、材料いっぱい集めといた方が楽だから」

とユーフェミアが言った。それはそうだろう。しかし前回の時と違って、今回はこの材料を一度に使うわけではないだろう。定期納品であるから、その時その時に使う必要性が出て来る。その間この材料をどこにしまっておくのだろうか。

トーリがそう言うと、シシリアが言った。

「加工と精製までしちゃえば場所は取らないから、明日には何とかなるわよぉ」

「ああ、そっか。このままずっと置いとくわけじゃないもんな」

魔法薬は、物にもよるが、古いものよりも調合したての新しいものの方が効き目があるという。だから材料の精製までを済ましておいて、調合は必要に応じて行う様だ。

前回もそうだったけれど、こういう風になってしまうのであれば、外の納屋の修復を真剣に考えねばなるまい。居間は食事の場所であるし、トーリの寝床もあるし、妙なにおいを漂わせる生モノがあるのは落ち着かない。

ユーフェミアがいそいそとすり寄って来た。

「晩御飯、なに？」

「煮込みと、炙《あぶ》り肉と、芋」

「リゾットは？」

「なんだ、食いたいのか？」

「うん」

「じゃあ作るか……」

「トーリちゃん、お風呂沸いてるのぉ？」

「あー、火は入れてある。湯加減見てくれる？　丁度よければそのまま入っちゃっていいから」

「りょうかーい。セニノマ、一緒に入りましょお。背中流してあげるわぁ」

腕を掴《つか》まれたセニノマはじたばたと暴れた。

「嫌だあ！　またおらの事くすぐるつもりだあ！」

「いいからいいから。うふふ、工事は疲れるでしょお？　シシリアお姉さんのスペシャルマッサージもサービスしちゃうわよぉ」

「はぎゃーっ！　た、助けてくれぇ！」

抵抗もむなしく、セニノマはシシリアに引きずられて風呂場《ふろば》へと消えた。シシリアの方がパワーがあるらしい。確かにセニノマはキュクロプスとしては非力な様だ。

「……なんでシシリアさんはセニノマさんに絡むわけ？」

「反応が面白いんじゃろ」

とシノヅキが言った。スバルがけらけら笑う。

「だよねー。しかもシシリアは女の子もいけるし」

(聞かなきゃよかった)

トーリは嘆息し、それから思い出してスバルを見た。

「スバルさぁ、最近飛竜の群れに突っ込んだ事、覚えてるか？」

「え？　ああ、そういえばあったね、そんな事。今まで忘れてたけど」

「ったく……」

「それがどうかした？」

「その飛竜たち、『破邪の光竜団』っていう白金級《プラチナ》クランの連中だったんだよ。おかげで向こうは喧嘩《けんか》売られたと思って怒ってるみたいだぞ」

「ふーん。飛竜なんか百匹来ても怖くないけどね。あ、もしかしておにいちゃん怖いのかなー？」

相変わらずのざこざこっぷりですねぇ、にししし」

「うるせえ。それにユーフェ、お前乗ってたならそれくらい注意してくれよ。無駄にトラブル起きるだろ」

「乗ってないよ」

とユーフェミアが言った。トーリは顔をしかめる。

「お前以外に誰が乗るんだよ」

「トーリ」

「は？」

「そうそう、その時はアズラクからの帰りだったよー。串《くし》焼《や》きとか食べた日。ねえ、シノ？」

「あん？　ああ、そうじゃったかの。おぬしはスバルの背中にしがみつくのに必死で周りが見えておらんかった様じゃが」

回復薬を納品しに行った日の事である。

「……俺かぁ」

トーリは頭を抱えた。

10. 理由

魔界と地上とは、契約や禁呪によって開かれるアストラルゲートか、現在は封鎖されている大門の他はつながっていないと思われているが、時折空間の歪《ゆが》みや揺らぎといった様なものがあり、そういった諸々のタイミングがかぶさった際、偶発的につながる事がある。

人間が魔界に迷い込む事もあれば、魔界の者が地上に現れる事もある。

前者の場合は（迷い込んだ本人を別として）まだ大した事はないけれど、後者の場合はほぼ確実に騒ぎになる事請け合いである。話の通ずる魔族ならばまだしも、犯罪魔族やモンスターが来ると地上に甚大な被害を及ぼす事もある。

現在魔界は地上に対して不干渉を貫いているが、徹底的すぎるきらいがあり、地上が原因で魔界に問題が起こっても、魔界は魔界で対処し片を付けてしまう。反対に地上に魔界の厄介者が入り込んでも、魔界の方は知らぬ存ぜぬを貫く。だから地上の人間で何とかしなくてはならない。犯罪魔族レーナルドなどがいい例である。

モンスターは大抵の場合地上のものよりも強力なので、歴戦の傭兵《ようへい》や冒険者であっても手こずる。しかしその体から取れる素材は魔界産と言ってよいものであるから、討伐に成功すれば一攫千金《いっかくせんきん》も夢ではない。

最初にそれを発見したのはアズラクを拠点にする銀級《シルバー》のクランだった。近場のダンジョンの探索を終え、帰路に就いていた彼らは、ダンジョンに赴く時には見なかった、小高い岩山に目をとめたのである。

探索帰りという事もあって疲労が溜《た》まっていたものの、妙な岩山に妙に心惹《こころひ》かれた一行は、持ち前の冒険心を発揮して近づいた。

ごつごつした岩肌には苔《こけ》がむしている所もあった。しかし苔は冒険者たちの見た事もないもので、何だか毒々しい色をしている。見れば岩の裂け目からは奇妙な光が微かに漏れ出しているし、全体的に奇妙な雰囲気を漂わしているし、その上微細な振動が足を伝って体を震わせる。不気味である。

険を冒す事を生業としている連中も、いたずらに命を捨てようなどとは勿論《もちろん》思っていない。銀級《シルバー》にまで昇格するだけの実力を持つ彼らは、経験で培った予感を以て、登りかけた岩山から降りた。

果たしてその判断は正しかったと言える。

岩山が動いた。緩慢だがかなり強い力を持った動きで、地鳴りがし、辺りの木々が揺れて枝葉がざわざわした。動いた事で内部の何かが活性化したのか、岩の隙間から瘴気が漏れ出した。

冒険者たちは大慌てで距離を取る。

岩山が下の方から斜めに持ち上がったと思うや、巨大なハサミが出て来た。他に甲殻に包まれた四本の尖《とが》った足が現れる。それが地面に突き立って全容が明らかになった。ぎょろぎょろとした二つの目が光った。

「ヤ、ヤドカリ!?」

誰かが思わず声を上げた。

それは巨大なヤドカリであった。これはコンゴウヨコバサミと呼ばれているモンスターである。

通常のヤドカリの様に貝殻に入るわけではなく、岩や土などを体液によって固めて体にまとう。

地上では精々手の平に乗る程度にしかならないが、魔界の場合はこの様に小山サイズに成長する。

その過程で殻の硬度を増す為か、希少な鉱物などを巻き込む場合が多く、討伐できたとすれば良質の小さな鉱山が一つ手に入る様なものだ。

だが、地上の冒険者がそんな事を知る筈《はず》もない。彼らは泡を食って逃げ出した。そうして口角泡を飛ばしてギルドに報告し、調査の結果、コンゴウヨコバサミの大型種である事が判明したのである。

大型とはいえ、低級モンスターのコンゴウヨコバサミである。ギルドも当初は問題視していなかった。そのうち情報が出回り、倒せば希少な鉱石が手に入るやもと知れるや、欲に目がくらんだ金級《ゴールド》や銀級《シルバー》のクランがいくつも討伐に向かったが、全然歯が立たなかった。

動きが早いわけではないが、殻が硬く武器が通らない。しかも瘴気や魔力をまとっていて、それが一種の魔力障壁の役割を果たしているらしく、魔法も効きが悪い。ならば関節から斬り裂こうとか目を潰《つぶ》そうとか思って下手に近づけば鋭い足やハサミの餌食になる。

それならば弓の出番だ！　と射手たちが張り切って目を狙ったが、何と目玉も殻並みの硬度があるらしく、鋭い矢じりも刺さらなかった。しかも素早く体を殻の中に隠してしまうので、狙う事自体が難しく、手を出しあぐねるという有様である。

さらに、このコンゴウヨコバサミと共生しているモンスターが背中の殻に巣を作っており、それが這《は》い出て来て冒険者たちに襲い掛かった。地上では珍しくもないトカゲ型や虫型のものだが、こちらも魔界のモンスターである分、地上のものよりも体が大きく強力で、一筋縄ではいかない。

それらのモンスターが魔界に比べて脆弱《ぜいじゃく》な地上の環境に味を占め、殻から出て周囲を荒らし始めたからたまらない。瘴気まで広がり出して、あれよあれよという間にたちまち周辺が警戒区域になった。

これが集落の近くならば軍などが動き出すのだが、場所が辺境だから軍も動くのを渋った。軍隊は動けばそれだけ金もかかる。ダンジョンに行けなくなって困るのは冒険者である。結果として冒険者ギルドにお鉢が回って来て、討伐せねばならぬ事になった。

ともあれ、モンスター退治は冒険者の得意分野である。しかも実力者揃《ぞろ》いのアズラクともなれば、たとえ魔界のモンスターであっても討伐は可能である。その事はギルドの方もよくわかっていて、そこでこの状況を利用する事にした。

アズラクは冒険者の数が日増しに増え、特に他地域で活躍していたのが移って来るというケースが多くなった。ギルド肝煎《きもい》りで『蒼の懐剣』を結成したものの、それに迫る実力のクランが増えて来た結果、ギルドとしてもバックアップをするクランを『蒼の懐剣』だけに留める事が勿体《もったい》ない様に思われて来たのである。

だからといって、ギルドとしては冒険者側に主導権を握られるのは避けたい。頼らざるを得ない状況になる事もあるが、基本的に〝白の魔女〟の様なケースは、ギルドとしてもあまり好ましくないのである。

ならば、実力派のクランがアズラクで地盤を固める前に、ギルドが手綱を握れる様にしておきたいと考えた。そこで、『蒼の懐剣』も含めて、現在アズラクでも上位にあるクランの団長たちに、コンゴウヨコバサミを最も早く討伐したクランの支援を厚くすると触れ回ったのである。

クランの拠点の談話室だ。寝耳に水の話を聞かされた『蒼の懐剣』のメンバーは、困惑気味に顔を見合わせた。

「じゃあ、結果次第じゃ支援が打ち切りになるって事？」

とスザンナが言った。

「い、いえ、完全に打ち切られる事はないかと思いますが、規模は縮小されるのではないかと……」

『蒼の懐剣』のマネージャーであるアルパンが、恐縮した様に頭を下げる。考える様な顔をしていたカーチスが口を開く。かつて『赤き明星』という白金級《プラチナ》クランの主力を務め、現在は『蒼の懐剣』の中核を担う重装剣士だ。

「しかし『蒼の懐剣』はギルドの全面支援を前提に創設されたクランだぞ。だから団長を置かずに合議制で稼働させている。それを別のクランに変えてしまって、今後成り立つのか？」

カーチスの言う通り、そもそも『蒼の懐剣』はギルドの肝煎りで、当時アズラクにいた白金級《プラチナ》のクランを統合して結成されたクランだ。現在もメンバーは入れ替わりつつも増加の一途を辿《たど》り、〝白の魔女〟から鍛えられたメンバーも多く在籍している為、戦力的にも依頼の完遂率的にもバツグンの安定感を誇る。

だが、その安定はギルドによる全面支援による部分も大きい。装備の補充や施設の利用、他諸々の雑用をギルド側がバックアップしている分、『蒼の懐剣』はそういったものに煩わされずに動けているのだ。

さらに複数のクランを統合しているという性質上、ギルドからの意向を元に旧クランの団長たちによる合議制を取っており、団長がいない。元団長クラスの、指揮をとれる人材が幾人も在席している為、手分けして依頼を受け、違う現場で個別に動くという離れ業もやれるのだ。仮に支援の対象が別のクランに切り替わった際に、今までの様な活動ができるかどうかはわからないのである。

アルパンが嘆息した。

「私もそう上層部に何度も言ったのですが……むしろ、それで実力を見せる事ができれば、『蒼の懐剣』に箔《はく》がつく事にもなると押し切られまして」

「……実力で何とかしろ、とそういうわけか」

「約束が違うんじゃねえのか?」

「仮に支援が打ち切られたら、あれこれ自腹切る必要があるって事?」

「この前家具新調しちゃったんだけどなあ……」

メンバーの幾人かは不満そうにぶつぶつとこぼしている。冒険者とはいえいたずらに危険に飛び込む事だけ考えているわけではない。ギルドの全面支援を得ているからこそ『蒼の懐剣』のメンバーとなる事を目指した者も少なくないのだ。

ジェフリーがばりばりと頭を掻《か》いた。

「まあ、いいじゃねえか。ギルドの言う通り、俺らが先に成果を上げりゃいいだけの話だろ。他地方出の連中に思い知らせてやろうじゃねえか」

「簡単に言うけど……」

「もし負けたらどうするんだよ」

中々煮え切らない。ざわめきが大きくなり、険悪な雰囲気にもなりかけている。

女魔法使いのロッテンが両腕をぱたぱたと振った。

「ちょっと！　喧嘩なんてしたってしょうがないでしょ！」

「そうだよ。文句言ったたって、ギルドの決定が覆るわけじゃないよ」

とスザンナも言う。メンバーたちはぶつぶつ言いながら顔を見合わせた。不意にしんとして、皆が互いに様子を窺《うかが》う様な雰囲気が漂う。

そんな中、今まで黙っていたアンドレアが口を開いた。

「……ここ最近、雰囲気がたるみがちだ。仕事の時も足並みが揃《そろ》っていない。大なり小なり、慢心があるのは確かだ」

『蒼の懐剣』のメンバーたちはドキッとした様にアンドレアを見た。

「そ、それは……」

「ま、まあ、そうかも知れないけど」

「高難易度ダンジョンの探索や、レーナルドの討伐を成功させた事で、少し今の地位に胡坐《あぐら》をかきすぎたとは、俺も思っている。だが、俺たちは冒険者だ。禄《ろく》を貰《もら》う兵士とは違う。慢心は転落に直結する。流入して来る白金級《プラチナ》クランを見て見ぬ振りはできないだろう？」

メンバーたちはバツが悪そうに視線を逸らした。

「俺たちに実力がないとは思わん。〝白の魔女〟に鍛えられたんだからな。だが、今の俺たちの意気地のない体たらくを見たら、彼女も面白くないだろうよ」

アンドレアの言葉にメンバーたちは、あの恐ろしい魔女の視線を思い出して戦慄《せんりつ》した。自らが鍛えたクランが慢心ゆえに落ちぶれるのは確かに面白くないだろう。

ギルドの支援が打ち切られるよりも、〝白の魔女〟の怒りの方がよほど恐ろしく思えた様で、メンバーたちの表情が引き締まった。スザンナだけは笑いをこらえる様な顔をしているが。

「ともかく、俺たちの思惑なぞ関係なくこの競争は行われる。それならきちんと足並みを揃えなくては出し抜かれるぞ。愚痴を言うのは勝ってからでも遅くない。むしろ勝ちに行って、ギルド側に強く出られるチャンスだとは思わんか？」

「そうだよな……」

「昔なら、そんな話が出たら負けるか！　ってなってたもんな。よっしゃ、やろうぜ！」

一気に雰囲気が傾いた。安定の心地よさに浸っていた彼らだが、ひとかどの実力者ばかりであるのは間違いないのだ。こうなれば新規参入の白金級《プラチナ》クランにも負けはすまい。

スザンナがこそこそとアンドレアにささやいた。

「言い様だね。ユーフェは絶対怒らないでしょ」

「まぁな。しかしおかげで気持ちがまとまった。まったく、あいつはどこまでも俺たちを助けてくれるよ」

とアンドレアは笑った。

○

さて、そんな風に『蒼の懐剣』の面々を発奮させながらも、当のユーフェミアはそんな事は露知らず、薬を作る他はだらだらと怠けつつ、日々のほほんと暮らしていた。

今日は干してふかふかになったソファの上でごろごろするのに余念がなかった。へたれていた上張りの毛もふわふわして、顔を埋めるとお日様のにおいがする。ユーフェミアがぐいぐいと体を押し付けると、トランポリンの様に、というのは少し大げさだが、ともかく体を押し返すので、その感触がとても気持ちがいいらしかった。

ころころと寝返ったり、うつ伏せになってクッションに顔を埋めて足をぱたぱたさせたりしているユーフェミアを見て、干していた布団を取り込んでいたトーリは呆《あき》れ気味に言った。

「お前、いつまでも怠けてないで、薬の在庫は大丈夫なのか？」

「んー」

ユーフェミアはクッションを抱く様にして仰向けになった。

「よゆー」

「ああ、そう……」

とトーリは干した布団を寝室のベッドに広げた。

先日集めて来た素材はすべて選別と加工が終わり、後は調合をするだけになっている。その調合も、近々の納品分はもう終わらせており、納品も済ましてしまっている。次の定期納品まではまだ十分すぎるくらい時間がある。

キッチンストーブも完成した。セニノマは流石の手際で、トーリたちがモルタルを練ったり、レンガを運び込んだりという手伝いをする間に軒を延長し、淡々とレンガを積み、形を整えて、壁を立ち上げて煙突を作り、すっかり仕上げまで片を付けてしまった。

そうして今は、ユーフェミアに別の仕事を頼まれて、小さな細工をしている。転移装置を少し改造するとかで、トーリに手渡されたそれを拡大鏡付きのゴーグルで見ながら、小さな工具を使ってちまちまと弄っていた。

そうやってセニノマが残っている一方、シノヅキ、スバル、シシリアたち三人はまた魔界に戻っている。最近は空間の揺らぎが妙に増えているとか何とかで、仕事ができたという話である。当の本人たちはちっとも嬉《うれ》しそうではなかったが。

そういうわけで、慌ただしい日々から一転、何とも穏やかな日々になっていた。

先日、白金級《プラチナ》クランの団長たちと出くわして以来、しばらくトーリは不安だった。いっそ先手を打ってロビンに謝ってしまうかとも思ったが、相手がバトルジャンキーだったとすれば、火に油を注ぎかねない。

自分一人が殴られて終わる問題ならばともかく、スバルはユーフェミアの使い魔なのだから、必然的にユーフェミアにまで累が及ぶ事になる。それはトーリにとっても本意ではない。結局できる事なぞ思いつかぬまま、日々の仕事に邁進《まいしん》するばかりだ。

「リンゴ剥《む》けたぞ」

とトーリが今しがた剥いたばかりのリンゴを切り分けたのを皿に載せて食卓に置いた。セニノマは返事をしない。完全に集中して周りの事がわからない様子である。

ユーフェミアは嬉しそうに体を起こし、それで小さく口を開けてトーリを見ている。トーリはしばらく黙ったまま突っ立っていたが、やがて諦《あきら》めた様にリンゴを手に取ってユーフェミアの口に突っ込んだ。

「もが」

「ったく、ものぐさだな、お前はホントに」

「ん」

ユーフェミアは口をもぐもぐさせながら、皿のリンゴをひと切れ取って差し出した。トーリが手で受け取ろうとすると引っ込めて首を横に振る。

「ん！」

トーリはちらとセニノマを見た。こちらを見もせず、一心不乱に手を動かしている。

「……あー」

トーリが口を開けると、ユーフェミアは嬉々《きき》としてリンゴを口に押し込んだ。みずみずしいリンゴの味が口いっぱいに広がる。うまい。けれどどうにも恥ずかしい。トーリは片付かない気持ちでもぐもぐとリンゴを噛《か》み砕《くだ》いた。

その時、窓をこつこつと叩《たた》く音がした。見るとユーフェミアの使い魔である黒い小鳥が窓辺にいた。口に手紙を咥《くわ》えている。窓を開けてやると入って来てユーフェミアの肩にとまった。

ユーフェミアは手紙を開いて目を通し、くしゃくしゃと丸めてその辺に放り出した。

「こら、そういう事すんな」

トーリは顔をしかめて手紙を拾い上げて広げ直す。こういうのはきちんととっておいた方がいい、というのは『泥濘《ぬかるみ》の四本角』時代に雑用係をやっていた時の経験である。

「燃やしちゃっていいよ」

「やめとけって。ギルドからだろ？　後で何か必要になるかもだし……」

と何気なく手紙に目を落として、思わず息を呑《の》んだ。

「魔界産のコンゴウヨコバサミの討伐？　お、おい、ギルドの全面支援って……しかも他のクランと競争？」

「よくわかんない。興味ない」

とユーフェミアはまたリンゴをひと切れ手に取った。

手紙の内容は、折しもギルドからアズラクの有力クランへと通達されたものと同一であった。尤《もつと》も、個人でしかないユーフェミアにもクラン同様の通知が送られて来る辺り、〝白の魔女〟の面目躍如といったところであろう。

ただ、ギルドの方も〝白の魔女〟がこの申し出に乗って来るなどと期待してはいないし、乗って来られてもそれはそれで困ってしまう。元々ギルドの支援など一切必要としていない〝白の魔女〟を支援しようという事になれば、ギルドにとっては負担の方が遥《はる》かに大きいのである。

実際、これらの通知は他のクランにはとっくに送られていたものだ。それらのクランは『蒼の懐剣』も含めて、既に討伐戦に向かい、戦端は開かれているくらいの時期だ。そのタイミングを見て、一応〝白の魔女〟にも通知したという形である。

はたと、先日アズラクの広場で白金級《プラチナ》のクランの団長同士が嫌にピリピリとした雰囲気でやり合っていたのはこの事だったのか、と思い当たる。『蒼の懐剣』に取って代わろうと野心に燃える実力派のクランたちが、ギルドの全面支援とアズラクのトップクランの座を勝ち取ろうと燃えているのだ。

（アンドレアたち……厄介な事になってるなあ）

トーリは頬を掻いた。心配である。しかし自分が心配したところで何かしてやれる事があるわけでもない。勝利を祈る事くらいである。

洗濯物を畳んでいると、後ろからユーフェミアがのしかかって来た。

「なんだよ」

「むぎゅ……」

ユーフェミアはすりすりとトーリの背中に頬ずりした。

暇を持て余しているのか、唐突にこうやって甘えて来る。そうしてひとしきりトーリにくっついて、それで満足してまたソファでごろごろしたり、本の続きを読み出したりする。変な娘だと思う。

しかしそれを可愛いと思う自分がいるのに気づき、トーリは頬を掻いた。

「ほへー、ラブラブだなぁ」

トーリはギョッとした様に振り向いた。仕事を一段落させたらしいセニノマが、朱に染まった頬に両手を当てて照れ臭そうにトーリたちを見ていた。

「おらまでほわほわして来ちゃうだよ」

「お、おう……セニノマさん、リンゴ食べれば？」

「わーい、いただくだよ。あ、ユーフェ、一応組み立てたべさ」

「ありがと」

ユーフェミアはセニノマから受け取った転移装置をしげしげと見た。外側の金具部分が少し増えていて、前がガラスに覆われる様になった。その向こうには魔石をつないだ回路が見え、内部の魔石も追加されていた。上側には指で押せるスイッチの様なものがあり、さらに横にはつまみがついていた。

「うん、よさそう。トーリ」

「ん？」

「これ持って外に出て」

トーリは怪訝《けげん》に思いながらも転移装置を受け取り、家の外に出た。いいお天気である。もう日は傾きかけて、赤色の増した陽光が辺りを燦燦《さんさん》と照らしている。

『聞こえる？』

「うおっ⁉」

急に転移装置からユーフェミアの声がした。トーリは目を白黒させた。

『横のつまみをひねって。青い魔石が光るから、それから喋《しゃべ》って』

トーリはわけがわからないながらも、言われた通りに転移装置のつまみをひねった。カチッと小さく音がして、追加された魔石が青く光った。

「えーと、喋ればいいのか？」

『あ、聞こえた。大丈夫そう』

「どういう事？　これ、声を飛ばせる様になったのか？」

『うん。そのつまみをひねると、わたしに聞こえる様になるの』

「な、なるほど……」

何だか物凄《ものすご》く高度な事なのではあるまいか、とトーリは思いながら家に戻った。

ユーフェミアが何となく自慢げな顔をしていた。首には同じようなペンダントが下がっている。それをつまんでトーリに見せる様に揺らした。

「お揃《そろ》い」

「いつの間に……」

「ちなみに転移装置を使いたい時は、こう握る様にして上のスイッチを押すだよ。それで魔力を送れば同じ様に転移できるだべさ」

とセニノマが言った。ユーフェミアがトーリの腕に抱き付いた。

「これでいつでもお話しできるよ」

「そ、そうか……まあ、確かに便利だな」

これがあれば、ユーフェミアたちが出かけた時など、いつ頃帰るかという予定を逐一確認する事ができる。不測の事態の際にもすぐに連絡ができるのは安心である。

「これ、セニノマさんが作ったわけ？」

リンゴを口いっぱいに頬張っていたセニノマは、びくっとした様に顔を上げた。

「んがぐぐっ――！　ほがっ……」

「食ってからでいいよ」

「んぐ……ぷは。設計と中の回路はユーフェとシシリアが作っただ。おらは外側とかスイッチとか、そういう部分を仕上げただけだよ」

「凄《すご》いでしょ」

「ああ、凄い……」

トーリはふと思いついてユーフェミアを見た。

「こういう技術さ、便利だから人に教えてやったりしないの？　こういう装置作って売り出せば皆喜ぶと思うけどなあ」

「母様が、それは駄目だって。わたし、半魔族でしょ？　地上じゃ一応イレギュラーな存在だから、そういうところから出た技術を軽々しく広めると、世の中が著しく混乱するし、悪い事に使う人も出て来るからって」

だから、自分で使うだけに留めておけという事である。

転移装置などは悪用しようと思えばいくらでも悪用できるだろうし、悪用でなくとも、例えば輸送などに転用できるとすれば、荷運びを生業にしている人々が大勢職を失う事にもなりかねない。地上で人間が自ら発明した技術ならばともかく、魔界の流れを汲《く》むものはあまり広めない方がいい、との事だ。

それは確かにそうかも知れない、とトーリは納得し、しかしふと思い出した。

「でも回復薬とかは……」

「あれは全部地上の材料でできるもん。技術も地上で完結できるし。シリルにあげた薬だけ特別だけど、あれは再現不可能だから」

ぼんやりしている様に見えるユーフェミアだが、意外に色々考えていたのかと、トーリは感心した様な、そうでない様な、曖昧《あいまい》な気持ちになった。そうして、撫《な》でられる事を期待して頭をぐりぐり押し付けて来るユーフェミアを見て、いつものユーフェだ、と安心した。

11. 魔界と地上と

「倒れるだよーっ」

「はいはいはい」

セニノマが押してぐらりと傾いた木の柱が、ごとんと音を立てて地面に転がった。虫が食ってぼろぼろになったそれは、倒れると同時にあちこちが崩れて、とてもではないが建材としては使えまい。

額の汗を拭《ぬぐ》ってセニノマがからからと笑った。

「よーし、これで崩すのは全部崩しただよ」

「この辺は燃しちまうかな……」

トーリは腐って崩れた木材を足でつついた。

廃屋がなくなると、何だか随分広くなった様に見える。トーリは腰に手を当てて、どういうデザインにしようかと思案した。

納屋を建て直す計画である。折角セニノマがいるのであるし、この機会を逃す手はない。これから回復薬の材料が増えて来れば、倉庫や作業場の様に使えるスペースは絶対に必要になって来る。早めに着工するに越した事はない。

家の前の柵《さく》に腰かけて解体作業を眺めていたユーフェミアが、ぴょんと降りて駆け寄って来た。

「おっきなのがいい」

「ん？　ああ、納屋ね。下屋も張り出して、その下で色々やれる様になると便利だよな」

大きめの素材は家の中に運び込むのも難しい。屋根だけあるスペースがあれば、そこで作業ができる。

セニノマが巻き尺を片手にうろつき回り、あちこちを計測していた。

「土台の石がこんだけで……屋根材はどうすっかなあ……瓦《かわら》にするか、それとも草屋根もおもしれぇかも知れねえだなぁ」

ぶつぶつ言っている。流石に魔界の職工キュクロプス族である。建築仕事が楽しくて仕方がないらしい。

シノヅキたちは一向に戻って来ない。ユーフェミアが呼ばないわけではなく、まだ地上に来られないらしい。そのせいでここ数日はユーフェミアとセニノマとの三人での生活になっている。尤もセニノマは夜に帰って朝にまた来るから、夜はユーフェミアと二人きりなのだが。

薬の材料も足りているから、さして使い魔を呼ぶ必要もなく、ユーフェミアは毎日のほほんと暮らしており、トーリがその世話をしつつ、セニノマと一緒に廃屋になっていた納屋をぶち壊した。

そうしてようやく再建の目途が立ちつつある。

屋敷の食卓に図面を広げて、セニノマが鼻息も荒くペンを走らせた。

「土台から腰辺りまで石を積むだよ。間から柱を立ち上げて、どうせなら二階も造るだ。階段をここに据えるか、もしくは梯子《はしご》をかけるんでもいいかも知んねえだ。床は汚れ作業ができる土間部分と、物置用に綺麗《きれい》にしておく上げ床部分を分けて」

「お、おう……」

「土間にはおっきな作業台欲しい。大型の素材を切り分けたりできるやつ」

とユーフェミアが図面の一角を指さした。

「んじゃ、こっち側の扉を大扉にして、開け放すと下屋も含めて広く使える様にするだよ。ふひひっ、の、乗って来ただよ！　材の削り出しが楽しみだぁ……ふひっ」

健全な話しかしていない筈《はず》なのに、セニノマが非常に怪しい。

トーリは玉ねぎと葉野菜を細かく刻み、同じく小さめに切った肉と一緒に炒《いた》めた。香草と塩、スパイスで味を整え、少量のスープストックと乳、トマトペーストを加えて水分が飛ぶまで煮込んだそれを、パイ生地に包んでオーブンに入れる。

先日完成して、もう使える様になった新型のキッチンストーブは、オーブン部分が広めに作られており、窯焼き料理が非常にやりやすくなった。煮炊きの方の熱がオーブンに回せる様に設計されているから、煮炊きをするだけで窯の余熱もできるし、燃料の消費も抑えられて非常に便利である。

ミート・パイを焼いている間に、茸《きのこ》と燻製《くんせい》肉でスープをこしらえ、茹《ゆ》でて皮を剥《む》いた芋を、スパイスを絡ませる様に炒めた。仕上げに刻んだ香草を振りかける。

大食いの使い魔どもがいないせいで、食事の量が随分減っているので楽である。ただ大量の飯をこしらえる事に慣れ切っていたトーリは、なぜだか物足りなさを感じた。

「飯できたぞ、運んでくれ」

「はぁい」

「わー」

焼き立てのミート・パイはとても熱い。しかもかじると中の具がこぼれて来る。ユーフェミアも
セニノマも、あちあち言いながら皿を添えてうまそうにパイを頬張った。

「んふふふ、今日のご飯もうんめぇだぁ……おら、こんなに幸せでいいんだべかなぁ？」

「トーリ、スープおかわり」

「はいはい……って何やってんだよ、お前は……」

トーリは手を伸ばし、盛大にソースで汚れたユーフェミアの口元をハンカチで拭ってやった。

そんな風に午餐《ごさん》を終えて、セニノマは納屋予定地に繰り出し、トーリは食卓の片付けをし、風呂《ふろ》
場《ば》の大掃除を始めた。それを横目に見つつ、食休みを口実にいつも通りソファでごろごろしていた
ユーフェミアの所に小さな魔法陣が浮かび上がった。

『おう、ユーフェ。わしじゃ』

「シノ？　どうしたの？」

ユーフェミアはころんと寝返って、上に浮かぶ魔法陣の方を見た。

『ちと面倒な事になってな。おぬしにも手伝ってもらいたいのじゃ』

「なんで。魔界の事なんかわたし知らないよ」

とユーフェミアは素っ気ない。

『まあそう言うな。このまま放っておくと地上にも影響が出そうなんじゃ。すでにでっかいのが行っちまっとる様じゃし、逆に地上から来たモンスターが瘴気で凶暴化して、元から魔界にいるのより厄介な変異種になっとるんじゃ』

「シノたちには関係ないでしょ」

『そうじゃ、モンスターは問題ない。じゃがその穴が塞《ふさ》げないんじゃ』

「時空関係なの？　そんなのシシリアがやればいいでしょ」

『それが駄目なのよぉ、ユーフェちゃん』

とシシリアの声がした。

『昔魔界に来て、ずっと隠れ住んでた人間の魔法使いがいてねえ、そいつが一人で地上と行き来できる様に魔法を組んでたみたいなの。結局完成間近でその魔法使いは死んじゃったみたいなんだけど、残った術式が生きててね、何かの拍子で起動しちゃったのよ』

「それがどうしてわたしがやる理由になるの」

『その魔法使いが魔族を信用してなくてね、術式に魔族不干渉の防衛結界を何重にも張り巡らせてるの。これが結構強くて、わたしじゃ無理なのよ。ユーフェちゃんは半魔族だけど、そこまでの想定はしてなかったみたいで、ユーフェちゃんなら行けそうなの』

魔界に何年も潜伏できるような人間だから、地上では賢者クラスの魔法使いだったのだろう、とシシリアは言った。ユーフェミアは面倒くさそうにクッションを抱いた。

「知らない。大体、人間じゃなきゃダメなら、母様を呼んで」

『エルネスティーネは駄目じゃ。酒瓶抱えて部屋に籠《こも》って出て来んのじゃ』

『無理やり引っ張り出そうとしたエセルバートが吹っ飛ばされて全治三日だってさ。だっさいよね、にしし』

とスバルの笑う声がした。

『ああなったら梃子《てこ》でも動かないもの。ユーフェちゃん、おねがぁい。これ終わらせないとわたしたちも地上に行けないのよう』

ユーフェミアは口を尖らしてひょいと指を振った。魔法陣が消えて静かになった。

風呂場から風呂桶《ふろおけ》をこする音がする。外からはセニノマの工具が木を削る音が聞こえている。

ユーフェミアはしばらく仰向けに転がっていたが、やがて諦《あきら》めた様に体を起こした。風呂場に行って中を覗《のぞ》き込む。

「トーリ」

「あー？」

風呂桶を洗っていたトーリが振り向いた。

「どした？」

「ちょっと魔界に行って来るね。多分今日は帰らないかも」

「マジか。急用か？」

「呼び出し。何か手伝って欲しいんだって」

と言いながらユーフェミアはローブを羽織り、帽子をかぶって杖《つえ》を持つ。トーリは手を拭《ふ》きながら出て来た。

「急ぐのか？」

「そうでもないけど、さっさと終わらせたいから」

「ちょっとだけ待ってろ」

トーリは足早に台所に入り、冷蔵魔法庫《フリッジ》から冷肉と酢漬けの野菜、オイル煮にした小魚などを出した。パンにソースを塗り、具材を挟んだものをいくつもこしらえ、それをバスケット一杯に詰め込んだ。

「これ、弁当。夕飯にでも食え」

「わあ……」

ユーフェミアは嬉《うれ》しそうにトーリに抱き付いた。

「ありがと」

「お、おう……気をつけてな」

トーリはぎこちなくユーフェミアの頭を撫でた。ユーフェミアは顔を上げてトーリを見、その胸元にぶら下がっていた転移装置兼通信装置をつまんだ。

「これでお話しようね」

「ああ、これがあったな……魔界と地上でもつながるのか？」

「うん。大丈夫」

「そっか。夕方連絡するから帰れるかどうか、教えろよな」

「うん」

○

それでユーフェミアが行ってしまって、残されたトーリは風呂場の掃除を仕上げ、暖炉の灰を出して周りを片付け、灰を畑にまくついでに洗濯物を取り込み、鶏たちを小屋に戻して餌をやった。

家に戻って洗濯物を畳み、床掃除をして、それから風呂桶に水を張り、沸かす。そうして夕飯の支度にかかる。ユーフェミアたちが戻って来るのかどうか、それはまだ判然としない。

やがて日が傾き、西の空が赤くなる頃には暖炉の火も赤赤と燃え上がる。

暗くなり出す頃にはセニノマが作業をやめて、道具をまとめて家に戻って来た。

「はー、今日も働いただよ。あれ、ユーフェはどうしただ？」

「なんか魔界に行ったよ」

暖炉にかけたシチューを混ぜながら、トーリは答えた。

「あれま。夕飯に間に合うだべか？」

「さあ？　ちょっと聞いてみるか」

トーリはペンダントを手に持ってつまみをひねった。青い魔石が光る。

「おい、ユーフェ。聞こえるか？」

少しして返事が来た。

『聞こえるよ』

「どうだ、用事は終わりそうか？」

『ううん。今夜は帰れなさそう。あ、お弁当おいしかったよ。シノたちも大喜びだった』

「もう食ったのか……」

しばらく魔界の食事ばかりだったせいで、使い魔たちはトーリの作る食事に飢えていたらしかった。

『思ったよりも術式が複雑で、わたし一人でやらなきゃいけないから、時間がかかりそうなの。もしかしたら明日も帰れないかも』

「うーん、そうか。まあ、わかった」

本当に忙しいらしく、それで通信が切れた。

「今日は帰れないってさ」

「はー、そうだか……んにゃっ⁉　そ、それじゃあ、おらとトーリさんの二人きりだか⁉」

「まあ、そうなるな」

セニノマは耳まで赤くなってやんやんと頭を振った。

「おおお、男の人と一つ屋根の下で二人っきりだなんて、おら、恥ずかしいべさ！」

「いや、セニノマさんも夜は帰るじゃんよ……」

「ユーフェがいないのに、どうやって帰ればええだか？」

「あ……いや、でも魔界のユーフェに呼んでもらえば？」

「おら、仮契約だからシノたちみたいにどこでもいいわけじゃねえだよ」

「えっ、仮とかそんなのがあんの？」

曰《いわ》く、基本的に使い魔は契約した主によって呼び出されたり送り返されたりする。しかしセニノマはシノヅキたちと違って本契約した使い魔ではない仮契約だから、召喚や送還にも制限がかかっている。

つまり地上に来るには自分の工房の魔法陣を通じてユーフェミアに呼んでもらい、地上から魔界に戻るにはユーフェミアに直接ゲートを開いてもらわなければいけない。他三人の様に、どこでも自在にユーフェミアのいる所に呼び出せるわけではないそうだ。

そういうわけでユーフェミアが魔界にいる今、セニノマだけでは召喚用のアストラルゲートは開けないのだった。そういえば初めて来た時もシノヅキが半ば無理やりに引っ張って来たんだったな、とトーリは思い出した。

盲点だったなあ、とトーリは額に手をやった。

しかしここでの生活に慣れすぎて、今更セニノマごときにドキドキするトーリではない。いつも通りに過ごせばいいだけの話である。寝室を指さした。

「ユーフェの寝床使いなよ。寝室は一応鍵《かぎ》もかかるし」

「うう……わ、わかっただ……はうぅ、喪女にこのシチュエーションは酷だぁ……ドキドキしちゃうだよ。ふ、ふひひっ」

セニノマは赤くなりながらも、なぜだかにやにやしている。嫌がっているのかはしゃいでいるのかよくわからない。このシチュエーションに一人で勝手に興奮しているのかも知れない。

トーリはげんなりしながらシチューを火からおろし、台所に入った。セニノマは落ち着かなげにうろうろしている。

「お、おらも何か手伝うだか？」

「じゃあ風呂《ふろ》の温度見て来て。ぬるけりゃほっといて、熱かったら外の炉から薪を引っ張り出して。ちょうどよかったら入っちゃっていいよ」

「わ、わかっただよ！」

とセニノマは風呂場に駆け込んだ。

魚の切り身を多めの油で揚げ焼きにし、刻んだ酢漬けの野菜とスパイス、油を混ぜたソースをかける。昼はパンだったし、明日の朝の分も残しておかねばならないから、今夜はパスタだ。昼のうちに練っておいた生地を延ばして切って茹《ゆ》で上《あ》げ、冷蔵魔法庫《フリッジ》に作り置きしておいたソースを温めて和える。

風呂の方はいい温度だったらしく、水音がしている。トーリが料理を並べる頃には、全身からほこほこ湯気を立てたセニノマが出て来た。眼帯はそのままだが、ぼさぼさの髪の毛を結っていて、持ち込んだ部屋着を着ている様は、中々可愛らしい。

「さ、先にいただいただよ。気持ちよかっただ」

「そりゃよかった。飯にしよう」

それで夕飯になった。セニノマがちらちらと見て来るのが何となく気になるけれど、トーリは努

めて気にしない様にした。

（……男慣れしてないいんだろうな）

トーリの事が好き、というよりは男と二人きりというシチュエーション自体にのぼせているだけなのだろう。かくいうトーリも別に女慣れしているわけではないのだが、ここで暮らすうちに免疫がついてしまった。喜ぶべきか悲しむべきか、それはわからない。

「セニノマさんは一人暮らしなの？」

「ふえっ⁉　そ、そうだぁよ！　工房の奥が家になってるだ！」

「工房か……基本的に何の工房なん？　装飾具とか？」

「何でも作るだよ。金属加工を請け負う事が多いだども、木工とか石細工もやるだ。あとは建築現場に呼ばれる事もあるだよ」

本当に何でもやる様だ。魔界の職工といわれるのも頷《うなず》ける。

「キュクロプス族って地上じゃあんまり聞かない名前なんだよな。数は多いの？」

「そ、それはおらにはわかんねぇだ……だけんども、地上でも昔キュクロプス族が作ったっちゅう建物があるらしいだよ」

「へえ」

確かに、昔の力のある魔法使いなどは使い魔としてキュクロプスを使役したりしていそうである。セニノマ以外のキュクロプス族は大柄な者ばかりだというから、巨大なキュクロプスを呼び出せば、石造りの砦《とりで》だろうが大規模な城塞《じょうさい》だろうが、簡単に築いてしまえるだろう。

そんな話をしているうちに、何だか妙だった雰囲気もすっかり和らいで、果たして何事もなく夜が明けた。

セニノマは職工らしく早起きで、トーリとほぼ同じくらいの時間に起き出して来た。夜が明ければ別段変わったところもない、キュクロプス族の職人セニノマである。

「お、おはようございますだよ」

「おはよう。セニノマさん早起きだなあ」

暖炉の火を起こしながらトーリが言うと、セニノマは体操する様に体を動かしながら笑った。

「朝早くから動いた方がいい仕事ができるだよ」

「ユーフェたちにも聞かせてやりたいセリフだな」

とトーリは笑いながら暖炉に鍋《なべ》をかけ、昨夜の残りのシチューを温める。そうして台所に入って燻製《くんせい》肉と卵をフライパンで焼いた。

それで朝食を食べていると、窓をこつこつと叩《たた》く音がした。見ると黒い小鳥がいる。トーリが窓を開けて入れてやると、ぱたぱたと中に入って来て、食卓の上に手紙を落として出て行った。

「ユーフェにお手紙だか？」

「ギルドからだ。しかも緊急の印が押してあるな……」

開封したものかどうか、とトーリは少し迷ったが、ふと思い出してペンダントを手に取った。つまみをひねって話しかける。

「ユーフェ。おいユーフェ、起きてるか？」

しばらくして通信はつながったが、向こうからはごそごそという衣擦れの音だの、むにゃむにゃ言うわけのわからない声がするばかりであった。

「おいコラ、ユーフェ！」

トーリがペンダントに向けて怒鳴ると、少ししてユーフェミアの寝ぼけ声がした。

『トーリの声がする……好きぃ……』

すりすりとペンダントに頬ずりする音がした。

「のっ……！　寝ぼけるな、おい、起きろ」

『んにゃ……あれ、トーリだ。どうしたの？』

ようやく覚醒《かくせい》したらしい声が返って来る。トーリはホッとした。

「ギルドから手紙が来たぞ。何か緊急の印が入ってるんだが、お前いつ帰れるんだ？」

『んー、わかんない。まだ術式の解析が半分も終わってないの。すっごく入り組んだ術式組まれてて、下手に弄ると防衛回路が動き出しそうだから慎重にやらなきゃ駄目そうだし』

「ま、待て、魔法の事は俺にはわからんが……じゃあ手紙はどうする？」

『開けて。読んで』

では、とトーリは手紙の封を破って開けた。

「えー、と何々、拝啓〝白の魔女〟ガートルード様。早春の爽《さわ》やかな風吹き抜ける今日この頃、いかがお過ごしで御座いましょうか。アズラクの町は変わらぬ賑《にぎ》わいにて」

『前置きとかはいい。要点だけ教えて』

「あ、はい」

トーリはひとまず手紙全体に目を走らせて、みるみるうちに青くなった。

「や、や、やばいぞ、ユーフェ！　見ろ！」

『見えない』

「あ、そうだった……いや、前になんか魔界産のコンゴウヨコバサミの討伐戦ってのがあっただろ？　あれに白金級《プラチナ》のクランがいくつも行って……」

『負けたの？』

「い、いや、勝った事は勝ったらしいんだが、なぜだか討伐に行ったクランが行方不明になっちまったらしいんだ。『蒼の懐剣』も……」

『スザンナたち？』

「ああ、現場にはモンスターの残骸《ざんがい》ばっかりで、攻撃に参加しないで野営地を守ってた連中だけが残ってたって。だからその捜索をして欲しいって依頼なんだが……」

コンゴウヨコバサミの討伐戦には、『蒼の懐剣』をはじめ、『破邪の光竜団』、『覇道剣団』、『憂愁の編み手』、『落月と白光』などの名のある白金級《プラチナ》クランがこぞって参加した。その名は伊達《だて》ではなく、数日様子を見ていた以降は激烈な攻勢に出、コンゴウヨコバサミも、それに寄生して来たモンスターもせん滅してしまったそうである。

しかし、それで一夜明けてみると、クランがみんないなくなっていた。野営地に残っていた連中が、いつまでも戻って来ない仲間たちが心配になって行ったところ、モンスターの残骸ばかりが残されていたそうである。

ユーフェミアは考えているのか、返事がなくなった。トーリはドギマギしながら返事を待つ。セニノマはもぐもぐとパンを頬張りながらトーリを見ている。

『……かなり大型って言ったよね？』

「あ、ああ。どれくらいかはわからんが」

『多分ね、魔界産のコンゴウヨコバサミは、成長の過程で魔石もかなり殻に巻き込むの。それが変な風に配置されてて、戦って殻を壊した時に魔石同士で何かしらの反応をしたんだと思う』

トーリは息を呑《の》んだ。

「あ、あ、跡形もなく吹っ飛ばす、とか？」

『ううん、それだったら殻も野営地も吹き飛んでる。多分、空間を捻じれさせる現象が起きたんだと思う。それに巻き込まれて、どこか別の所に転移しちゃったのかも』

「じゃあ、無事なのか？」

『それはわかんないけど』

ひとまず粉々になったのではないらしいので、トーリは息をついた。

「で、どうなんだ？　帰って来られそうなのか？」

『……ちょっとまだ行けない』

「そ、そうか……」

『トーリ、行って』

「……えっ？」

12. 冒険者トーリ

もうしばらく手に取っていない愛用の剣を持ち、冒険に必要な道具を携えて、トーリは緊張気味に居間に突っ立った。セニノマが「おおー」と言った。

「トーリさん、剣なんか持ってただか」

「一応冒険者だったんで……こんなに重かったたっけ？」

トーリは剣を引き抜いて顔をしかめた。包丁や鉈《なた》ばかり握っていたから、こういう大きな刃物は久しぶりである。こんなものを振り回していたのが、今となっては信じられない。

つなげっぱなしにしている通信装置からは、やかましい声がずっと聞こえている。

『あーいこでしょ！　あーいこでしょ！　あーいこでしょ！』

「まだ決まらねえのかよ……」

『三人とも全然譲らないの』

とユーフェミアののほほんとした声が聞こえた。

魔界産コンゴウヨコバサミの討伐に端を発する白金級《プラチナ》クラン行方不明事件は、〝白の魔女〟であるユーフェミアが行けないという事で、なぜかトーリが行く羽目になった。行って、ものを見て、ペンダントで逐一報告してユーフェミアに判断を仰ぎ、解決の糸口をつかもうというのである。

しかし転移装置はアズラクにしか行けない。それに危険があっては事である、とシノヅキ、スバル、シシリアの三人のうち、誰か一人が護衛兼移動役として地上に送られる事になった。当然三人とも行きたがり、壮絶なるジャンケン合戦が開幕して、勝負のつかぬまま、まだ終わっていない。

『後出しだよ！　今の絶対後出し！　ずるっこだぞ！』

『ええい、やかましいわい！　後出しなんぞするわけないじゃろ！　わしゃ誇り高きフェンリル族一の戦士じゃぞ！』

『もー、そもそもシノとスバルが行くよりも、魔法の専門家のシシリアお姉さんが行った方が絶対確実じゃないのぉ』

『知るか、そんなもん！』

『そーだそーだ！』

「何でもいいから早くしてくれ……」

どうにもこの連中が絡んで来ると緊張感がなくなるなあ、とトーリは嘆息した。やがてユーフェミアが通信装置を切ったらしく、音がぶつんと切れてしまった。

誰が来るにせよ、戦闘面では頼もしい事この上ない。正直、白金級《プラチナ》の連中がトラブルに巻き込まれた現場に行く緊張感は勿論《もちろん》あるが、仲間であるアンドレアとスザンナを心配する心の方が先に立つ。トーリは深呼吸した。

「あの、トーリさん……？」

「え？　なに？」

セニノマは頬を染めながらもじもじした。

「えっと、そそ、その……おらのお昼ご飯、どうすればいいだべか？」

トーリはかくんと脱力した。確かに気になるだろうけども、入れた気合が抜けてしまうから困ったものである。トーリは荷物を置き、台所に入った。肉と野菜を小さめに切って炒《いた》め、同じく小さめに切ったパンと一緒に深めの耐熱皿に入れる。乳とバター、小麦粉でホワイトソースを作ってかけ、最後に表面を覆う様にチーズをおろしかける。

キッチンストーブは朝の料理で余熱ができている。トーリは中の温度を確かめて、セニノマを呼んだ。

「昼になったらね、暖炉の熾きをいくつか奥に入れて、中が熱くなったらこれ入れて焼いて。全部火が通ってるから、表面のチーズが溶けて軽く焦げ目がついたらもう出して大丈夫だから。むしろ焼きすぎない様に注意ね」

「ひょええ、すげえだ。こんなのさらっと作っちまうんだなぁ」

セニノマは耐熱皿のグラタンもどきを見て目を輝かしている。

そういえば、行方不明になった連中も腹が減っているかも知れない。戦闘の最中に転移したとなれば、食料品などは携帯していないだろう。野営地があったのならば尚更だ。

トーリは持って行くつもりだった荷物を見直して、ビスケットや干し肉、干し果物などを多めに入れた。それから大きめの水筒に水をたっぷり入れたものを三本に、梁《はり》から吊《つ》るして干してあった水の木の根も鞄《かばん》に入れる。この根をしゃぶると水を飲んだ様に喉《のど》の渇きが癒えるのだ。

そんな風に準備しているうちに、唐突に床に魔法陣が広がってスバルが飛び出して来た。

「やっほう、地上だ！　トーリ、ご飯ご飯！」

「来て最初にそれかよ。朝飯は食って来たんだろ」

「食べてないし！　それにトーリのご飯が食べたいんだよう。ねー、お願いおにいちゃーん。可愛いスバルちゃんのお願い、聞いてぇ。おにいちゃんの料理、この世で一番おいしいよー」

あからさまな阿諛佞弁《あゆねいべん》でスバルがすり寄って来る。

結局スバルが勝ったのかと思っていると、今度はシノヅキが出て来た。

「飯じゃ！」

「えっ、なんでシノさんまで……」

出し抜けにシシリアの姿まで現れる。

「あー、なんだかここの方が落ち着く様になっちゃったわぁ。うふふ、トーリちゃん、寂しかったぁ？　あ、セニノマじゃないの、トーリちゃんと二人っきりで、いい思いしてたんでしょ、このこのぉ」

「や、やめるだっ！　おらは何にもしてねえしされてねえだよ！」

「ふぅーん？　わたし、お料理の意味で言ったんだけどぉ？　何をしようとしてたのぉ？」

「ひいいっ！　妄想だけだぁ！　勘弁してけろーっ！」

「いや、ちょっと待て。なんで三人とも来てんだ？」

「全然決着がつかんかったんじゃ。それじゃったら、いっそ三人で行ってさっさと解決してしまった方がいいっちゅう事になってな」

「どのみち、あの結界はユーフェじゃないとどうにもならないしねー」

「そういう事なのよ、トーリちゃん。ところでわたしたち朝ご飯まだなんだけど？」

「腹が減ったぞ！」

「おにいちゃーん！」

こりゃ食わしてからじゃねえと行けないな、とトーリは手早くオムレツと炙《あぶ》り肉をこしらえてやった。それにパンを添えて出すと、三人は大喜びでぱくついた。結局グラタンもどきも焼いてしまう羽目になり、ちゃっかりセニノマもご相伴に与っていた。

しかし、考えてみれば使い魔三人全員いるならば、探索にトーリが行く必要もないのではあるまいか。使い魔たちはユーフェミアと交信もできるのであるし、トーリがいる意味がない様に思われる。

飯をかっ食らう使い魔どもを横目に、トーリは通信装置を起動した。

「おいユーフェ」

『なぁに？』

「三人とも来たけど、大丈夫か？」

『うん。こっちは他にも手伝いいるから』

「なあ、三人ともいるなら、俺行かなくてよくない？　みんな通信もできるだろ？」

『それじゃ駄目なの』

「なんでだよ」

曰《いわ》く、使い魔は基本的に主の傍にいるものである。ユーフェミアの場合は力が強いので、どちらも地上にいる場合は別行動も可能なのだが、流石に魔界と地上という次元を超えた差があるとそれも難しくなるそうだ。

魔界は使い魔たちが元々いる場所だから問題ないにせよ、ユーフェミアが魔界にいるのに、地上に使い魔だけがいる、というのは契約上厳しいらしい。

「でも今は……」

『お屋敷はね、契約の時に特別に設定した場所だから、わたしが魔界にいても、シノたちだけでも大丈夫なの。セニノマだって残っていられたでしょ?』

「ああ、確かに……いやでも、それと俺が一緒に行くのと何の関係があるんだ?」

『ペンダントが必要なの』

「これが?」

とトーリは胸にかけた転移装置をつまんだ。

『そう。それを通じて、わたしの魔力がトーリ周辺につながる様になってるの。そうなると、トーリのいる所が疑似的にこのお屋敷と同じ様な状態になるの。だからトーリが一緒じゃないと駄目なの』

「……ペンダントだけ渡すとか」

『あのね、この前通信装置をつけた時に、トーリ以外の人が持つと機能停止する様にしたの。変な人が転移装置でうちまで来ちゃったら嫌だし、悪用されたら困るから』

「なるほど……わかったよ。まあ、気をつけて行くよ」

『うん』

トーリは観念して、通信装置を切った。

それで出発する段になった。セニノマを留守番に残し、シシリアの転移魔法で一気にアズラクまで飛ぶ。まずギルドに行って、代理で現場に向かう事を知らせておかねばならない。

町は相変わらずの賑《にぎ》わいだが、その中でひときわ大きく人々が言い交しているのが、白金級《プラチナ》クランの行方不明だ。ギルド側は隠そうとしていた様だが、こういう話はどこからか漏れ出すものである。

トーリがギルドに入ると、中は人でいっぱいだった。野次馬も多い様だ。行方不明事件の続報を待ち望んでいる連中が詰めかけているのだろう。

「あら、すごい人ねぇ」

「混んでるな……ちょっと俺だけ行って来るから外で待ってて」

それで使い魔たちを待たして、人の間を縫う様にしてカウンターまで行き着いた。

白金級《プラチナ》専用のカウンターには受付嬢のアイシャがいて、瓦版《かわらばん》の記者らしいのを追い返していた。

朝からずっとそうらしく、大変面倒くさそうな顔をしている。

「もう、だからしつこいですよ！　あんまりしつこいと出禁にしますよ！　冒険者の皆さんの邪魔なんですから帰って帰って！」

しっしっと追い払われた記者の後ろからトーリは顔を出した。

「あのー」

「ああ、もう、だから……ふええっ、トーリさん！」

アイシャは素《す》っ頓狂《とんきょう》な声を上げた。カウンターから身を乗り出す。

「どうされたんですか？　あっ、ギルドから〝白の魔女〟さん宛てに手紙を出したんですが」

「ああ、うん、その事で来たんだ。ユ――じゃなくてガートルードは忙しくて来れないから、俺が代理で見に行く事になって……」

トーリが言うと、アイシャは目を輝かした。

「なぁんだ！　やっぱりトーリさんって凄《すご》い冒険者なんじゃないですか！」

「いやいやいや、違うって。護衛に使い魔三人もついてるし、俺はおまけみたいなもんだよ」

「またまたぁ」

アイシャはちっとも信じていない様子である。面倒くさいけれど、ここで時間を食っているのは惜しい。

「ともかく、俺らが代理で行くから、そう言っといて」

「わかりました！　よろしくお願いしますね！」

アイシャは安心しきった顔で手を振った。

何だかあらぬ期待を掛けられている様な気がして、トーリはうすら寒いものを感じつつも、急ぎ足でギルドを出た。

出ると、シシリアが騒いでいた。何かを捕まえているらしく、声に喜色が溢《あふ》れんばかりである。

「もー、こんな所で会えるなんて、もうこれは運命よぉ。運命としか言えないわぁ。お姉さんとーっても嬉《うれ》しい！」

トーリは急ぎ足で近寄った。

「おいコラ、シシリアさん、何やってんだ。一般人に迷惑かけるんじゃねえ……あれっ？」

「ト、トーリ君？」

「ジャンじゃねえか！　何やってんだ、こんなトコで！」

シシリアに抱きすくめられてじたばたしているのは、元『蒼の懐剣』の魔法使い、ジャンであった。相変わらず見た目は子どもである。冒険者装束のローブではなく、小綺麗な、いかにも宮仕えといった風なローブを着ていた。

ようやく解放されたジャンは、乱れた服を整えながら息をついた。

「ふう……お久しぶりですトーリ君。お元気そうで」

「ああ、お前も……どうしたんだ？　プデモットの顧問魔法使いになったんじゃ？」

「ええ、そうなんです。ようやくあちらでの生活も落ち着きまして、少し時間ができたから皆の様子が気になって来てみたんですが……何やら大変な事になっている様ですね」

ジャンも既に行方不明事件の事は知っている様だ。それでギルドに詳細を聞きに来たところ、入り口でシシリアに捕まったという事である。

「俺たち、今からその現場に行くんだよ」

「僕もご一緒させていただいていいですか？　手をこまねいているのも落ち着かないので」

「いいよ、ジャンなら心強いし。いいよな？」

「もちろんよぉ」

「あー、いいと思うぞ」

「いいよー」

異論はない様だ。シシリアは目に見えて嬉しそうである。ジャンにぴったりと身を寄せてにこにこしている。ジャンは片付かない顔で苦笑いを浮かべているが。

それで路地裏に移動してからシシリアの転移魔法で飛んだ。

現場にはコンゴウヨコバサミの巨大な殻が、岩山の様に鎮座していた。まだ瘴気があちこちに残っていて、油断すると息が苦しくなる。

流石に白金級《プラチナ》クランがトラブルに遭った場所だから、他の冒険者たちもまだ警戒して近づいていないらしく、周囲に人の気配はない。だが数日もすれば目ざとい連中が我先にとお宝を求めて集まって来るだろう。

コンゴウヨコバサミの殻は大きく、出入り口が巨大な洞窟《どうくつ》の様にぽっかりと口を開けていた。中身は討伐の際に破壊された様で、そこいらに残骸《ざんがい》が転がっている。甲殻類独特のにおいが漂っていて、それが少し傷み始めているせいで鼻をつく。シノヅキが嫌そうに鼻を押さえている。

「ぐうう、くっせえのう」

「シノさん鼻が利くからなあ……」

「わし、あっちにおる。何かあったら呼べ」

そう言って遠くに歩いて行った。

トーリは辺りを見回した。確かに誰もいない。野営を守っていた連中も、一旦《いったん》アズラクへと引き返した様だ。不気味なほどしんとしているが、殻の洞が風を吸い込む様に鳴っていて、それが何だか遠くからうめき声の様に聞こえるのが不気味である。

「この中が怪しいですが……」

と洞の中を指さしてジャンが言った。

「だな。でもまあ、不用意に踏み込むのもなあ……こいつらがいるから大丈夫だろうけど」

「……何だか、昔を思い出しますね」

「え？」

「まだ銀級《シルバー》くらいの頃、一緒に依頼に行ったなあ、と」

「ああ、そっか……」

トーリも裏方に回る前は、『泥濘《ぬかるみ》の四本角』のメンバーとして剣を握っていた頃もあるのである。

何だか遠い昔の事の様に思えた。

「顧問魔法使いってどうなんだ？　忙しいのか？」

「ええ。でも充実しているとも言えますね。故郷の為に力を尽くせるというのは幸せなものですよ」

「その為に冒険者やってたんだもんなあ……」

「トーリ君は、あれからアンドレアとスザンナには会いましたか？」

「おう、この前ちょっと会ったよ。二人とも元気そうだった」

「そうですか。僕もすぐに会えると思って来たんですが……仕事に出かけているならともかく、行方不明になっているとはね。でもまあ、仕事柄あり得なくはないですからね」

「まあ、冒険者ってそういう事もあるよな……」

実力があるほどに忘れかけてしまうが、冒険者というのは死と隣り合わせの職業なのだ。昨日まで笑い合っていた仲間が死体になってしまう事も当然あり得る。トーリは思わず身震いした。

その時、殻の上の方から声がした。

「ジャン君、トーリちゃん、ちょっと来てくれるぅ？」

「あ、はい。今行きます」

「何かあったんかな」

上に行くと、シシリアとスバルがいた。殻には幾種類もの魔石や鉱石が突き出しており、戦いのせいで砕けているものもあった。それを指さしながらシシリアが言った。

「これ、どう思う？」

「竜眼石に黄線透石、それに縞《しま》水晶ですか……磁場を狂わすものが集まっていますね」

「そうなのよ。しかもあっちには赤青のザクロ石がまぜこぜになってるの。瞬間的に魔力が高まっちゃうわね」

「これだけ沢山の魔石が集まっていると、予想できない現象が起きそうですね……」

トーリは通信装置のつまみをひねった。

「ユーフェ？　聞こえるか？」

少しして、ぢぢと何かが震える音とともにユーフェミアの声が返って来た。

『聞こえるよ』

「今は大丈夫か？　俺ら、現場に来てるんだが」

『いいよ』

それでシシリアとジャンが魔石などの事を説明した。

「多分、戦闘で周辺の魔力が乱気流状態になったんでしょうねえ。それに多種類の魔石が反応して、空間に穴を開けちゃったのよ」

『そうだね。だとすると、多分殻の中が異空間につながってる筈《はず》』

「じゃあ、みんな自分から入って行ったたって事か？」

とトーリが言った。

『それはわかんない。もしくは次元がつながった時に吸い込まれちゃったのかも』

「その可能性が高いと思いますよ。ほら、殻の大きさの割に、散らばっているヤドカリの中身がかなり少ないでしょう？　おそらくヤドカリ本体も別次元に引っ張り込まれたのではないでしょうか。それだけ強力な吸い込みが発生したわけですから、みんなが吸い込まれたのも頷《うなず》ける話だと思いますが」

とジャンが言った。スバルが頭の後ろで手を組みながら言った。

「じゃあ、あの中に捜しに行くって事？」

「そうなるわねぇ。シノはどうしたの？」

「においがきついからって少し離れてるよ」

「おーい、シノ、行くよー！　置いてっちゃうぞー！」

とスバルが大声を出した。遠くから「おーう」と返事があった。すぐに来るだろう。

殻から降りたトーリは、黒々とした穴を見やった。確かに風を吸い込んでいる。今も微弱ながら吸い込みが起こっているという事なのだろう。

冒険だなあ、とトーリは荷物を背負い直した。

13. 腹が減っては何とやら

殻の内部はまさしく洞窟であった。幅は広く、天井も高い。ごつごつした岩肌から、種々の淡い光を放つ魔石などが突き出して、歩くのに支障がないくらいには明るい。

空間がねじれているのは確かな様で、既に殻の大きさを超えるくらいに歩いたにもかかわらず、洞窟に終わりが見えない。それだけでなく、次第に横道が増え、迷宮もかくやという様相を呈して来た。

「どっせーい！」

スバルの蹴《け》りが、人間サイズのコンゴウヨコバサミを粉砕した。

「遅すぎじゃわい」

シノヅキの手刀が大きなカニの甲羅を叩《たた》き割る。

「……障害がなさすぎる」

とトーリは呟《つぶや》いた。

殻の洞窟に入ってしばらくして、こういったモンスターが現れる様になった。硬い甲殻を持ったものが多く、普通の冒険者であれば手こずる筈なのだが、魔界の住人たちは羽虫でも払う様に鎧《がい》袖一触《しゅういっしょく》にしてしまう。

安全なのはいい事だとわかってはいるのだが、気合を入れて来た手前、あんまりすんなり行きすぎていると、それはそれで何となく片付かない気分になる。

とはいえ、大荷物を担いでいるトーリが前に出て戦うというのは現実的ではない。シノヅキもスバルも暴れる機会があれば暴れたがるから、丁度いいと言えば丁度いいのだろう。

「やれやれ、雑魚ばっかしじゃ。面白くも何ともねえのう」

「ねー。もっと手ごたえのあるやつ、出て来ないかなー」

「おい馬鹿やめろ。そういう事を言うと本当に出て来そうだろうが」

果たして巨大なフナムシが出て来た。多脚がぞろぞろと動き、見ていると背中や首筋がぞわぞわする。トーリは思わず体を抱く様にして腕をさすった。

「気持ち悪っ！」

「なんじゃい、たかが虫ではないか」

しかし生理的嫌悪もフェンリルには通用しなかった様で、フナムシは即座に叩き殺《ころ》されてしまった。シノヅキはふふんと自慢げに鼻を鳴らして振り向いた。

「これでわしが十三。スバル、わしの勝ち越しじゃぞ」

「ふーんだ、ボクは十二だよ。まだわかんないもんねー」

とスバルが言った。倒したモンスターの数で競い合っているらしい。

競争に参加していないシシリアは何をしているかといえば、後ろでジャンの手をしっかと握ってにこにこしている。ジャンは歩きにくそうである。折角一緒に来てくれたのに、シシリアに捕まりっぱなしでちっとも活躍できそうにない。

「ジャン君、手を放しちゃ駄目よぉ？　はぐれちゃったら大変だものねぇ」

「は、はあ……」

「おいジャン、嫌なら嫌ってはっきり言えよ。シシリアさんはしつこいぞ」

「まあ、トーリちゃんったらひどいんだから。ねえ、ジャン君？」

「い、いえ……は、まあ、その……」

人の好いジャンは真っ向から拒否する事もできないらしく、もじもじと視線を逸らすばかりである。駄目だこりゃ、とトーリは肩をすくめて、もう放っておく事に決めた。

進むにつれて洞窟は狭くなる様に思われた。分かれ道も増えて来て、どちらに行ったものかとトーリは思うのだが、先頭を行くシノヅキがずんずん歩いて行くので、有無を言わずにそれに付いて行く形になっている。

「シノさん、どんどん行ってるけど、大丈夫なの？」

「あん？　ああ、大丈夫じゃ。においがするからのう」

「におい？　冒険者連中のか？」

「ちゃうわい、ヤドカリじゃ。あのひどいにおいがぷんぷんしよる」

「えー……そんなの辿《たど》ってどうすんだよ……」

「まとめて吸い込まれたんじゃろ？　そんならヤドカリの中身も同じ場所にあるじゃろうが」

「あ、そうか……」

考えてみればそうである。

「風もこの先に向かってるしね。合ってるんじゃない？」

とスバルも言った。フェニックスは風に乗って飛ぶから、微弱な空気の流れも感じ取る事ができるらしかった。確かに、微かに後ろから風が吹いている様に思われた。

アホだと思っていた二匹も、何も考えていなかったわけではないらしい。むしろ考えなしだったのは自分の方だと気づかされて、トーリは何となく気恥ずかしかった。

（やばいなあ。現場離れすぎて勘が鈍りまくってる……）

ユーフェミアの所に来る前も、裏方に回って探索や討伐に出る事はなくなっていたのだ。こうやってダンジョンの様な所に来る事自体が数年ぶりである。しっかりしなけりゃ、とトーリは頭を振って、ふうと息をついた。荷物を担ぎ直すと、リュックサックにぶら下げた大鍋《おおなべ》がかちゃんと音を立てた。

「トーリ君、どうして鍋《なべ》なんか？」

とジャンが言った。

「え？　いや、みんな腹減ってるかもと思って……」

飯をぱくつく魔界の住人たちを見て、ここに吸い込まれた冒険者たちもさぞ空腹だろうと思い、冒険道具よりも食材を多めに詰め直したのである。

水も持てるだけ持った。果ては現場で何か作るかも知れないとさえ考えて鍋まで持った。あまりに重くなりすぎたので少し分けて、動くのに支障がない程度にシノヅキとスバルにも持ち分けてもらっている。

（我ながらちょっとアホだったかな……）

とはいえ、トーリができるのは飯をこしらえるくらいなのだ。この判断が吉と出るか凶と出るか、それはまだわからないが、持って来てしまったのだからもうどうしようもない。

トーリはリュックを背負い直した。鍋がかちゃかちゃ鳴った。

○

体中の痛みに、アンドレアは朦朧《もうろう》とした意識を覚醒《かくせい》させた。仰向けに倒れていた様だ。上体を起こし、周囲を見回す。

薄暗い場所だった。目が慣れて来るにつれ、ここはごつごつとした岩の窟《いわや》である事がわかった。天井は高く、広い部屋の様になっていたが、そこここに石柱が屹立《きつりつ》して視界を遮っている。壁面や柱から魔石や鉱石が突き出して、そのいくつかは淡い光を放っていた。それが照明になって、辺りはよく見える様だ。

次いで覚えたのは鼻をつく悪臭である。生臭みにいくらかの腐臭が混じり、息をするのもためらわれる様だった。

「……どうなった？」

アンドレアは顔をしかめ、近くで無残に転がっているコンゴウヨコバサミの死骸《しがい》を見た。殻は強

力な斬撃や打撃、大魔法によって砕かれて、中の柔らかな肉が溶けた様にでろんとこぼれ出している。においの元はこれの様だ。

手の平でこめかみを数度叩き、記憶を呼び起こそうとする。

夜間の戦いだった事は覚えている。コンゴウヨコバサミに寄生して来たモンスターが攻撃を仕掛けて来て、それを迎撃する流れで、どこかのクランがそのままコンゴウヨコバサミに反転攻勢をかけたのである。

遅れてはならぬと『蒼の懐剣』を含めた他のクランも攻め寄せて、白金級《プラチナ》の実力者の放つ攻撃が、一斉にコンゴウヨコバサミを襲った。

大魔法がいくつも放たれ、魔力がこもった武器が振り下ろされた。周辺の魔力がぶつかり合って、嵐の様な風がごうごうと吹き荒れた。コンゴウヨコバサミの殻のあちこちに、色々な光が見えた様に思われた。魔石が光っていた様だ。

殻に引っ込む暇もなく、敵は穿《うが》たれ、砕かれ、潰《つぶ》されて、方々に甲殻や肉の破片をまき散らして沈黙した。

どの攻撃が決め手だったのかは判然としない。だが仕留めたと思う間もなく、不意に死骸が動いて殻の中に物凄《ものすご》い勢いで引っ込んだ。そうして背後から突風が吹いた。いや、今思えば突風ではなかった。引き込まれたという方が正確である。殻の中に吸い込まれたのだ。わけもわからぬまま引き込まれるうちに気が遠くなり、気づいたらここに転がっていたのである。

「怪我は……していないな」

アンドレアは手足を動かして、大きく痛む箇所がない事を確かめた。吸い込まれた時にあちこちに体をぶつけたらしく、打撲的な痛みはあるものの、骨や筋を痛めている様子はない。洞の中だからか、それとも瘴気の影響があるからか、少し息苦しさを感じる。

立ち上がって、改めてそこいらを見回すと、同じ様に目を回して倒れている連中が見て取れた。小さなうめき声も聞こえる。

「スザンナ。おい」

近くに倒れていたスザンナの肩を叩く。スザンナは「ううん」と呻《うめ》いて身をよじらせ、薄目を開けた。顔をしかめながら体を起こす。

「……あれ、アンドレア？　何が……」

「俺にもわからん。殻に吸い込まれたのは覚えてるか？」

「そうだ、確か……他のみんなは？」

「あちこちに倒れている。ひとまず起こして回ろうか」

それで二人は倒れている連中を起こした。『蒼の懐剣』もいるし、他のクランの者もいた。

「……うちの面子は揃《そろ》ってるか？」

「うん。野営地の護衛に残った人たち以外はいるね」

どうやら攻撃に出た主力チームは残らずここに引っ張り込まれた様だ。他のクランも同様だろう。

「あら、皆さんご無事だったっすか」

声がした。見ると、石柱の向こうから『破邪の光竜団』団長のロビンの姿が現れた。副団長のクリストフが呵々《かか》と笑った。

「やあやあ、アンドレア君！　無事で何よりだよ！　こっちはひどくくさいな！　場所を変えないかい？」

「ふむ？」

とアンドレアは傍らを見やった。近くにあるコンゴウヨコバサミの死骸は相変わらずひどいにおいを漂わしている。

ロビンはふうと息をついた。

「どうすか？　向こうも広いスペースがあったっす。においもここよりはマシっすよ」

ではそうしよう、と一同は冒険者たちを助け起こしつつ、死骸から距離を取った。

そこには『破邪の光竜団』の面々と、飛竜が数匹、うずくまる様にしていた。スザンナが目を丸くする。

「飛竜も吸い込まれちゃったんだ」

「そうっす。可哀想に、すっかり怯《おび》えちゃってるっすよ」

とロビンは嘆息して、飛竜の頸《くび》を優しく撫《な》でた。

人が起きた事でざわめきが起こり、それを聞き付けてあちこちから他の冒険者たちも集まって来た。やがて吸い込まれたと思しき冒険者たちは全員が揃い、顔を突き合わした。

『覇道剣団』団長のガスパールがいらだたし気に言った。

「どうなっているのだ？　ここは一体？」

「引きずり込まれたんですよ、ヤドカリの殻に。まったく、死んだ後にこんな隠し玉を持ってたなんてねえ」

と『落月と白光』の団長マリウスが言った。

「想定外でしたね……さて、どうしましょうか」

と言ったのは『憂愁の編み手』の団長ローザヒルである。綺麗《きれい》なプラチナブロンドの髪が汚れて乱れている。足を痛めたのか杖《つえ》にすがる様にして、時折痛みに顔をしかめている。

「ともかく出口を探そうぜ。こんなトコ、いる意味ねえしよ」

とジェフリーが言った。冒険者たちは顔を見合わせる。

「そんな簡単に見つかるかね？　出口が」

「でもここにずっといるわけにもいかねえだろ」

「下手に動いたら却って迷わないかね？」

「というか腹減った……」

ざわざわし始めた。そのうち、周辺を探索しに行くという連中が出て、クランごとに三人ばかりまとまって、あちこちに散らばった。団長や居残り組は広間で今後の対策を話し合う事になったが、中々有効な手立てが出ない。

考え込んでいたアンドレアが顔を上げる。

「吸い込まれて、どれくらい経ったのかわかるか？」

近くにいたローザヒルが怪訝《けげん》な顔をした。

「いえ……しかしそう経っていないのでは？」

「腹が減っているだろう。しかも、あのヤドカリの死骸が既に腐臭を漂わせている。もし吸い込まれてすぐならば、少しおかしくはないか？」

「言われてみれば……そんなに長く気を失ってたって事ですかね？」

とマリウスが言った。アンドレアは頷《うなず》く。

「息苦しさがあるだろう。最初は空気が薄いのかと思っていたが、どうも微弱な瘴気が充満している様だ。そのせいで目覚めるのが遅くなったんじゃないだろうか」

「だとしても……死骸が腐るにはやや早い様な」

とローザヒルはうろたえた様に呟《つぶや》く。魔法使いのロッテンが眉《まゆ》をひそめた。

「いや、ああいう水分の多いやつは腐り出すのも早いよ。元々生臭いけど……多分二日か三日かそこらじゃないかな？」

「もしそうなら、外でも異変に気づいてるよね？　救助隊が編成されてないかな？」

とスザンナが言った。野営地を守っていた連中は、主力が戻って来なければ不審に思うだろう。

ロビンがふむふむと頷いた。

「だとすれば、下手に動かないで助けを待った方がいいかもって事っすね」

「なにぃ？　誇り高き『覇道剣団』が手をこまねいて助けを待てと言うのか？」

とガスパールが言うと、ローザヒルがふふんと嘲《あざけ》る様に鼻を鳴らした。

「あら、それでしたら勝手にうろついて干からびればいいですわ。競争相手が減ってこちらには好都合ですもの」

「ぐっ……口の減らない小娘が……」

「喧嘩《けんか》するんじゃない。どのみち、食料も水もほとんど持ち合わせがないんだ。無駄に動くのは命取りだぞ」

と重装剣士のカーチスが言った。マリウスが嘆息する。

「そこですよねえ。野営張ってたせいで物資は全部そっちに置いちゃってんだから」

「そりゃ、あれと戦うのにわざわざ食料持つ必要なんかないからね！」

とクリストフが言った。

その時、向こうの方から声がして、探索に出た冒険者たちが駆け戻って来るのが見えた。

「やばいやばい！ 応援頼む！」

「なんだぁ？」

見ると、青黒い殻を持った大きな蟹《かに》が、何匹も群れてやって来るところだった。

「い、岩が塞《ふさ》いでる穴があったからよ！ 出口になるかと思ってどけたらあいつらが出て来やがって……」

「ふん！ 蟹如き、恐るるに足らんわ！ 戦える者は続け！」

とガスパールがおっとり刀で駆け出す。後には『覇道剣団』のメンバーをはじめ、冒険者数人が続いた。アンドレアは武器を持ってスザンナを見た。

「俺も行って来る。ここは頼むぞ」

「了解。気をつけてね！」

そうしてアンドレアやガスパールたちが蟹と戦っていると、また別の方から冒険者たちが逃げ戻って来た。その後ろから海獣に似た大きなモンスターが這《は》いずる様に追っかけて来る。

「何か出た、何か出た！」

「ああ、もう、次から次へと！」

とローザヒルが立ち上がる。しかし痛そうに右足を押さえて、顔をしかめた。それでも杖を構える。

「前衛を固めてください！　魔法で一掃します！」

「ほいほい、俺たちも手伝いますよー」

とマリウスたち『落月と白光』のメンバーも杖や魔導書を構える。

しかしそれを制する様にロビンが前に出た。

「こんな所であんたたちみたいな大魔法使いが一斉に魔法使ったら、何が起こるかわかったんもんじゃないっすよ。ここは任せるっす」

と言うが早いか矢をつがえ、大きく引き絞って、放った。矢じりだけでなく柄にも術式が刻んであるらしく、矢がモンスターの眉間《みけん》に突き立つや、まるで内側からはじける様にして頭部が爆発した。

巨体が地響きを立てて倒れ伏す。クリストフが手を叩《たた》いた。

「流石は団長！　日頃無駄に生意気な口を叩いているだけの事はある！」

「殴るぞ」

ローザヒルがホッとした様に腰を下ろした。

「助かりましたよ、ロビンさん」

「ま、今はいがみ合ってる場合じゃないっすからね。あんた、足治療した方がいいんじゃないっすか？」

「なんですかローザヒルさん、捻挫《ねんざ》ですか？　俺が診ましょうか」

とマリウスがローザヒルの足に手を伸ばす。ローザヒルは慌てて後ずさった。

「ちょっと！　レディの体に軽々しく触らないでもらえます⁉」

「おっとっと、こいつは失礼。それだけ元気なら治療も要らなさそうですねえ」

マリウスはやや皮肉気に言った。ローザヒルはむうと頰を膨らましてマリウスを睨《にら》む。スザンナがその間に割って入った。

「まあまあ、落ち着いて。わたし、簡易の治療道具があるけど、わたしでも駄目かな、ローザヒルさん？」

「う……い、いいでしょう。お願いします」

ローザヒルはおずおずとそう言い、遠慮がちにドレスローブの裾《すそ》をまくり上げる。白く艶《つや》やかな足があらわになり、そこが紫色に腫《は》れあがっていた。周囲にいた男どもが「おお～」と歓声を上げる。

「おら、見るんじゃねーっす。目ん玉撃ち抜くっすよ」

とロビンが弓を振って、白い足に目を引かれていた男どもを追い払った。

ロッテンが呆《あき》れた様に肩掛け鞄《かばん》を降ろした。

「なんで男ってこう馬鹿ばっかなんだろうね。スザンナ、わたし一応ギルドの薬あるよ。使ったら？」

「うん、ありがと、ロッテン」

ロッテンはふんと鼻を鳴らし、杖を担ぐ様に肩に載せた。

「あとローザヒルだっけ？　あんた、あんましお高く留まるのやめた方がいいよ？　どこ出身か知らないけど、どうせ冒険者なんか同じ穴のムジナなんだしさ」

「うぐ……」

「それは同意っすね。ましてあたしら全員白金級《プラチナ》っすよ。威張れる相手じゃねーっす」

とロビンも頷く。ローザヒルはむうと口を尖らして俯《うつむ》いた。スザンナが苦笑する。

「まあまあ二人とも、怪我人をそう責めないの」

不意にぐうと誰かの腹が鳴った。ロビンが顔をしかめて腹をさする。

「……失礼したっす」

「はは……いや、笑えないね。わたしもお腹空《す》いた」

とロッテンは嘆息した。

小一時間の戦闘で、攻め寄せて来たモンスターは駆逐された様だ。それほど苦戦した様子でもないが、戻って来た連中は軒並みげっそりしていた。

「腹が減って……力が出ねえ」

とジェフリーがぼやいた。クリストフが向こうに転がる蟹の死骸《しがい》を見た。

「あの蟹、食べられないものかねえ？」

「やめといた方がいいですよ。あれ毒蟹《がに》。甲羅の模様に見覚えがありますもん」

とマリウスが言った。蟹をどうやって食おうかと思案していたらしい連中は、ギョッとした様に蟹の死骸を見やり、残念そうに嘆声を漏らした。

気絶から起き出してからしばらくは、興奮状態だったのもあってあまり実感がなかったが、戦闘で激しい動きなどをしてしまうと、空腹感がありありと鎌首をもたげて来た。喉《のど》の渇きも感じる。

「……却って、しばらく気絶していたのはよかったかも知れんな。起きたまま三日もここにいたのでは、正直持っていなかったかも知れん」

とアンドレアが言った。カーチスが嘆息した。

「不幸中の幸いと見るか、それとも悲劇を先延ばしにしただけと見るか、だな」

ガスパールが偉そうに腕組みした。

「軟弱者どもめ。一流は空腹に不平など言わんものだ」

「はいはい、脳筋は空腹感じる頭もなくていいっすねー」

とロビンが面倒くさそうに言った。ガスパールはくわっと眉を吊《つ》り上《あ》げる。

「なんだとこのチビ助め！」

「喧嘩するんじゃねえよ、余計に体力食うだけだぞ」

とジェフリーが言った。

それからも何度かモンスターの襲撃があった。撃退はしたものの、戦闘の度に体力は消費するし、喉は渇くし空腹感は増すしで、流石の白金級《プラチナ》冒険者たちも次第に疲弊して来た。しかもごく薄い瘴気が漂い続けているせいで、疲労が加速するのである。

半日か一日か、時間の感覚すら曖昧《あいまい》になって来るが、ともかく彼らの力を奪うだけの時間は経った様だ。

マリウスが虚ろな目で、うずくまっている飛竜を見た。

「……飛竜って食えますかね？」

「何て事言うんだい！　食える筈《はず》がないだろう！」

とクリストフがいきり立った様に言った。膝《ひざ》を抱えたローザヒルが口を開く。

「でも、このままじゃ全員飢え死にですよ……」

「だからといって可愛い飛竜を食うなんて！　ねえ団長⁉」

ロビンは目を伏せていたが、やがて開いた。

「……いざとなったらあたしの飛竜を食えばいいっす」

「ちょ、団長⁉」

「優先順位がある。飛竜可愛さに自分が死んだら元も子もないだろ……でもまだ待って欲しいっす。助けが間に合うかも知れないし」

そう言って、ロビンはもぞもぞと膝を抱えた。きゅるると腹が鳴る。

「……セリセヴニアの腸詰シチューが恋しいっす」

「ああ、あれはうまいですねえ！　ザワークラウトを入れてるからちょっと酸味があって、麦酒と合わせると最高ですからね！」

とクリストフが大声を出した。冒険者たちがごくりと唾《つば》を飲む。

マリウスがぼんやりした顔で笑った。

「へへっ、肉もいいけど魚もいいですよねえ。ポート・オトバルの魚介煮込み、海老とかイカの出汁が濃く出ててうまいんだよなあ。辛口の葡萄《ぶどう》酒と合わせると、そりゃもう……」

ポート・オトバルは南西の港町である。マリウスたち『落月と白光』はそこからやって来た様だ。港町らしく魚介が豊富で、海路の要所であるからスパイスや香草なども各地から集まって来る。そこの料理はうまいと評判だ。あちこちからため息が漏れた。

「……ウーシモリアのヘラジカのステーキもおいしいんですよ。干したチムシー草の煙でいぶして香りをつけて、甘いワインを煮詰めたソースをかけて」

とローザヒルが思い出す様に言う。ウーシモリアは北西に位置する寒冷な気候の国である。『憂愁の編み手』の出身地だ。一年の大半が雪だが、大河とそれに育まれた広大な森林がある豊かな土地だ。ヘラジカは他の肉と違う独特の味わいがあるが、慣れれば病みつきになるという。あちこちから腹の音が鳴った。

ガスパールが立ち上がる。

「何を言う！　マウカイラの包み焼きこそが至高だ！　窯から出したばかりの、生地がさくさくとし、中から肉汁が溢《あふ》れるあの包み焼きこそ……」

と言いながら、ガスパールは天を仰ぐ様に顔を上げ、ぐっと口を真一文字に結んだ。よだれが垂れない様にでもしているらしい。マウカイラはアズラクの西にある大都市で、山岳地帯に位置している。『覇道剣団』のかつての拠点だ。起伏に富んだ厳しい土地柄ながら、そこで発展した野趣溢れる味わいの料理の数々は好む者も多い。

「ええい、やめろやめろ！　腹が鳴って仕方がねえ！」

とジェフリーが怒鳴った。ロッテンが俯きながらぼやいた。

「こんなとこで死ぬの、やだなあ……」

「誰だよ、ここで助けを待とうって言ったのはよ！」

いよいよ限界を迎えたらしい冒険者が怒鳴った。たちまち捨て鉢な雰囲気が伝染し、ぼやきや愚痴、罵《のの》り声《し》が飛び交う。

誰もが大なり小なり限界を迎えつつあるから、努めて止めようという者もいない。スザンナはおろおろするばかりだし、アンドレアすら目を伏せたまま耐える様に押し黙っている。

その時、またモンスターが近づく気配がした。あの青黒い甲殻の蟹と、大きなフナムシがぞろぞろと這い寄《よ》って来る。アメーバ状のよくわからないモンスターも交じっている様だ。

「鬱陶《うっとう》しい……！　たたっ斬ってくれるわ！」

ガスパールはじめ、苛立《いらだ》っている冒険者たちは武器を手に立ち上がった。モンスターに八つ当たりをしようという魂胆らしい。動きはとうに精彩さを欠いているが、それでも流石に白金級《プラチナ》である。

互角以上にやり合っている。

この戦いが終わったら、みんな動けなくなりそうだな、とアンドレアは思った。

果たしてその通りで、モンスターは撃退したものの、それで疲労の限界に達した冒険者たちは、銘々に座り込んだり倒れ伏したりして、もう動く気力もないという風であった。動きが荒かったせいで受けなくていい攻撃を受けた怪我人も多い。

だが終わりではなかった。ひときわ大きな蟹がハサミをがちゃがちゃいわしながら現れた。今までの蟹とは種類が違うらしく、甲羅の色は鮮やかな赤色だが、殻は今までのものよりも分厚く、足も長い。それが上から目玉をぎょろぎょろさせて冒険者たちを睥睨《へいげい》するのである。

さきほどの襲撃で八つ当たり気味に突っ込んで行った連中は、もう動けそうもない。

「くそっ……」

アンドレアはふらつく足で立ち上がり、剣を構えた。

ちらと後ろを見やる。魔法使いたちは立ってこそいるが、空腹と疲労で集中力が続かないらしく、魔法を撃とうにも撃てないらしい。

甲羅も硬いし、剣が通ればいいのだが、とアンドレアは覚悟を決めて蟹《かに》に向き直った。

「あーっ！　抜け駆けずるい！」

「やかましい、早い者勝ちじゃ！」

唐突に何だか聞き覚えのある声がした。

アンドレアがハッとして上を見ると、カニの甲羅が真二つに叩き割られるところだった。蟹がぐしゃりと倒れ伏すのと同時に、束ねた銀髪が揺れた。シノヅキが愉快そうに笑いながら立っていた。

「わははは！　これでわしが百と八十六！　スバル、これで同点じゃ！」

「くっそー、ボクが勝ち越してたのにぃ！」

「シノさん！　スバルちゃん！」

スザンナが喜びの声を上げる。『蒼の懐剣』のメンバーたちが驚いて顔を上げ、喜びと安心感とで破顔した。涙を流している者もいる。

他の冒険者たちはわけがわからないという顔だったが、どうやら助けが来たらしいという事は理解した様だった。

「あれっ、スザンナだ！　わ、みんないるじゃん、見ーつけた！　トーリ、こっちこっち！」

「なに、トーリ？」

呆気《あっけ》に取られるアンドレアたちの前に、大荷物を担いだトーリが現れた。

「おー、アンドレア！　スザンナも、無事だったか！」

14. 既成事実

『へーっ！　それじゃあ、あの飛竜に乗ってたの、あんたたちだったんだ！　飛竜に乗れる人間なんかいるんだねー、知らなかった』

フェニックス姿のスバルが屈託なく笑う。水の木の根を咥《くわ》えたロビンは嘆息してスバルを見上げた。

「そういう事っす。あーあ、参ったっすね。命の恩人に喧嘩《けんか》売るわけにいかないじゃないっすか」

ロビンが言うと、スバルは笑いながら翼をばたつかした。

『ボクは別にいいよー。ぼっこぼこにしてやるからさ、にしし』

「こら、尾羽を動かすんじゃねえ！」

スバルの後ろから声がした。トーリが大きな木匙《さじ》を片手に立っている。スバルはつまらなさそうに翼を畳んだ。

『まだー？』

「まだだよ。もうちょっと辛抱しろ」

スバルの後ろに石を組んで作った簡単な炉があり、そこに尾羽が突っ込まれている。尾羽からは火が上がっており、二つある炉のうち、一つには蟹の足が殻ごと突っ込まれており、もう一つの上にかけられた鍋《なべ》では何かがぐつぐつと煮込まれていた。周囲には飢えた冒険者たちがよだれを垂らしながら集まっていた。

煮込まれているのは麦粥《がゆ》の様だ。干し肉と香草、それにさっき倒したばかりの巨大な蟹の肉が入っている。青黒い殻の蟹と違って、こちらは食用になるらしい。

片側の炉からは香ばしいにおいがし、鍋からは香草のにおいが漂う。絶食状態だった冒険者たちは生殺しの様な気分である。

トーリは粥の様子を見て頷《うなず》いた。

「よし、煮えたな。でも、椀《わん》も皿もねえからなあ……悪いんだけど、兜《かぶと》とか帽子とか使って、回し食いしてくれる？」

「待ってましたー！」

汚いだとか品がないとか、そんな事は誰も思わない。兜や帽子、果てはバックラーに注がれた火傷しそうなくらい熱い麦粥を、冒険者たちは夢中になってすすった。干し肉の脂と蟹の出汁とがたっぷりしみ出していて、空きっ腹にずしんと来るが、それさえも幸せな様に感じる。食べながらぽろぽろと涙をこぼしている者もあった。

「今まで食った麦粥で一番うめえかも……」

とマリウスが呟《つぶや》いた。トーリは苦笑する。

「んな大げさな……」

「いえ、本当においしい……ぐすっ」

ローザヒルは食べながら鼻をすすった。涙ぐんでいる。

空腹というのは何よりの調味料だという風によく言うけれど、それにしたってみんな大げさだなあ、とトーリは少しむず痒《がゆ》かった。

焼いた蟹肉も味が濃くてうまい。塩を振る必要もないくらいだ。

飛竜たちも蟹の肉をたらふく食べて元気いっぱいである。近くにフェンリルやフェニックスがいるから、少し緊張気味であるが、竜騎士たちがなだめてやっているのもあって、すっかり落ち着いた様子だった。

「こ、この粥は食べてしまっていいのか？」

とガスパールが言った。トーリは鍋の中を見た。もう残りも少ない。

「みんなに行き渡ったし、いいんじゃない？　食べてもらった方が片付けが楽でいいし」

「うむ！　では有難く頂戴《ちょうだい》する！」

それで鍋が片付いた。料理が終わり、スバルの尾羽が炉から引き抜かれた。

フェニックス姿のスバルが、尾羽の方を振り返りながらぼやいた。

『スバルちゃんの尾羽が蟹くさくなっちゃったじゃないか！』

「いいじゃねえか、うまそうで」

『よくなーい！』

「まあ焼き蟹《がに》でも食え」

『食べるぅ！』

湯気の立つドでかい蟹の足を、スバルはくちばしでついばんでうまそうに食った。向こうではシノヅキも蟹肉にかじりついている。あれのおかげで、シノヅキもスバルも麦粥が食いたいと言い出さないから、楽でいいなとトーリはほくそ笑んだ。

「きみ凄《すご》いな！　すっかりフェニックスを手懐けているんだね！」

クリストフが感心した様に言った。その隣でロビンが口を尖らしている。

「トーリさんも人が悪いっす……〝白の魔女〟の事もフェニックスの事も知ってたんじゃないっすか」

「いや、喧嘩売ろうとしてる連中に知ってるとは言えないだろ……」

「まあ、そうっすけど」

ロビンはふうと息をついて、改めてトーリに頭を下げた。

「今回は本当に助かったっす。あのままじゃ飛竜を食う羽目になってたっす。いや、その前にこっちが蟹の餌になってたか……でかい借りができたっすね。きちんと返すんで、困った事があれば言ってくださいっす」

「ロビンちゃんの言う通りですねぇ」

マリウスがやって来た。

「トーリさん、でしたっけ？　おかげで助かりましたよ。俺ら『落月と白光』からも礼を言わせてください。何かあったら遠慮なく相談してくださいよ、力になるんで」

「わたしたち『憂愁の編み手』からも感謝申し上げますわ」

ローザヒルが涙を浮かべたまま頭を下げた。

「ぐすっ……あのまま飢えて死んでいたかと思うと……うう……本当にありがとうございます、トーリさん。できる限りお礼はいたします。何でも申し付けてくださいませ」

「我ら『覇道剣団』も恩知らずではないぞ！」

粥の残りを平らげたガスパールが突っ立った。

「礼を言おう、トーリ！　今後頼みがあるならば何なりと言うがよい！」

「いや……いやいやいや、ちょっと待て。なんで俺に言うんだ？　俺はあくまで〝白の魔女〟の代理だぞ？」

「いや、違うな」

アンドレアがにっと笑って言った。

「あいつはここまで助けに来る事はできただろうが、こうやってこの場で皆の腹を満たすのはお前がいなけりゃ無理だった。これは間違いなくお前の功績だよ、トーリ」

「ぐ……」

それは確かにそうかも知れない。トーリは照れ臭くなって頭を掻《か》いた。その肩をスザンナが叩《たた》いた。

「また助けられちゃったね！　ありがと、トーリ！」

「お、おう……」

トーリは恥ずかしさを誤魔化す様に、鍋や材料を片付け始めた。その後ろを団長どもがうろちょろしている。

「手伝うっすよ？」

「そうですよトーリさん」

「何でも言ってください」

「遠慮するでないぞ」

「ええい、うるさいな！　俺の事はいいから、自分たちが出発できる様に支度して！」

それもそうだ、とそれぞれのクランは点呼を取ったり、装備の点検をしたりし始めた。

トーリがやれやれと思っていると、ずっとシシリアに捕まっていたジャンがやって来た。

「お疲れ様です、トーリ君。何だかまた料理の腕が上がったんじゃないですか？」

「まあ、しょっちゅう作ってるからな……鍋持って来て正解だったわ」

重かったので失敗だったかと思ったが、結果としてよかった様だ。乾燥麦や干し肉、水など、料理をするのに結構な量を使ったので、荷物がすっかり軽くなった。帰りは楽そうである。

「ジャン、お前まで来ていたとはな。驚いたぞ」

とアンドレアが言った。ジャンはふふっと笑った。

「ええ、僕も驚きました。こんな形での再会になるとは……はは、けれどシノヅキさんやスバルさんがいたので、僕は出る幕がありませんでしたよ。何の為に来たんでしょうかね」

「いや、シシリアさんのお守りをしてくれてただけで随分助かったぞ」

「ははは、そんな事を言えるのはトーリ君だけですね」

その時、轟音《ごうおん》とともに広間の壁に大穴が開いた。冒険者たちはギョッとした様に武器を構える。

穴の向こうは真っ暗である。一体なんだと思っていると、向こうからぬうっと巨大な人影が現れた。人二人分はある体躯《たいく》に長いばさばさの白髪、装飾のあるローブと帽子、険しい表情の顔の真ん中には鷲鼻《わしばな》が突き出している。全身からただならぬ威圧感を漂わせる老婆は、〝白の魔女〟その人だった。

新参のクランの冒険者たちは恐れおののいて戦闘態勢を取ったが、『蒼の懐剣』のメンバーは大喜びである。

「うおお、〝白の魔女〟さんまで来た！」

「もう帰りは完全に安心だな！」

「は？　……あれが〝白の魔女〟？　アズラク最強の冒険者……」

ロビンが冷や汗をかきながら息を呑《の》んだ。

「やば……これ、生き物としての格が違うっすね……」

「団長、我々、あれに喧嘩売ろうとしてたんですか」

クリストフも青ざめて言った。

落ち着いていた筈《はず》の飛竜たちが、泡を食った様に騒ぎ出した。竜騎士たちが慌ててなだめようとするが、ちっとも埒《らち》が明かない。

『静まれ』

地鳴りの様な、腹の底に響く声がした。飛竜たちはびくりと体を震わして、しおしおとうなだれて、怯《おび》えた様に〝白の魔女〟の方を窺《うかが》った。冒険者たちは凍り付き、互いに顔を見合わしたりこそこそと物陰に隠れたりした。

『蒼の懐剣』のメンバーも、〝白の魔女〟を歓迎したものの、自分から話しかけようとする者はおらず、奇妙で緊張感のある沈黙が場を包んだ。

「あれ、なんでこっちに来たんだ？」

とトーリが言った。〝白の魔女〟の鋭い視線がトーリを射抜いた。

『どうやら、魔界における空間の穴によって、このヤドカリが転移した様だ』

「はあ？　それじゃあ穴がまだつながってたって事か？」

『魔界側の術式の解析は概ね終わった。シシリア』

「はぁい、どうしたのぉ？」

向こうの方で何かやっていたらしいシシリアがやって来た。

『こちらの解析は終わったか？』

「ええ、大丈夫よぉ。後はそれぞれの術式をつなぎ合わせて修復すればおしまいねえ」

『そういう事だ。我はその確認に来たに過ぎぬ。すぐに戻る所存だ』

「ああ、そっか……まあいいや。お疲れさん」

『うぬも大儀であったな、トーリ。我が孫も喜ぶであろう』

変な事を言い出した。トーリは首を傾げる。

「何言ってんだ？」

孫？　何だそれ？　とあちこちで冒険者たちがささやき交わしている。そんな中、向こうの方でジェフリーたちが何か話していた。

「いや、〝白の魔女〟にはすっげえ可愛い孫娘がいるんだよ。ユーフェミアちゃんっていってさ、その子がトーリにめちゃ懐いてんだ」

『さよう』

と〝白の魔女〟が言った。ジェフリーはどきっとした様に魔女の方を見た。

『うぬの言う通り、我が孫ユーフェミアとトーリは相思相愛……』

「おい？」

「そうねえ。もう見てて砂糖吐いちゃうくらいよねぇ」とシシリアが言った。

「おい」

「ねー。あーんしてあげたり、あーんしてもらったりしてるし」とスバルも言う。

「おい！」

「前は同じ寝床で寝とったしの。まあ仲良しじゃわい」とシノヅキも言った。

「おおい！」

ざわめきが大きくなった。周りの視線が一気に注がれて、トーリは所在なさげに右往左往した。

〝白の魔女〟はふんと鼻を鳴らした。

『トーリは我のものであり、我が孫娘のものだ。くれぐれも引き抜こうなどと思わぬ事だ』

居並ぶ団長たちは首振り人形の様に首肯した。アンドレア、スザンナ、ジャンの三人だけは、後ろの方で必死に笑いをこらえている。

トーリは頭を抱えた。それから〝白の魔女〟に向けて怒鳴った。

「お前このやろう！　こんな所でちゃっかり外堀を埋めやがって……！　これ以上余計な事を言ったら晩飯抜きにするぞ！」

『む、それは困る……シシリア、穴をふさぐぞ。我は魔界に戻る。こちらは任せた』

「はぁーい」

〝白の魔女〟は再び壁の穴の向こうへ消えた。トーリは激しく打つ心臓を押さえる様に胸に手を置いた。周囲には好奇心に目を輝かした冒険者たちが集まっている。

（か、か、帰り道つらいぃ！）

不意に、ユーフェミアが母親から聞かされたという「既成事実と責任」という言葉が、トーリの頭をよぎって行った。

◯

散々な質問攻めとおちょくりに遭い、ギルドに報告を済まして家に戻ると、トーリはぐったりと疲弊してソファに深くもたれた。ユーフェミアはまだ戻っていないらしかった。

「つ、疲れた……」

「大丈夫だか、トーリさん？」

留守番役のセニノマが心配そうに言った。シノヅキがからからと笑う。

「なぁに、大丈夫じゃわい。トーリ、晩飯はまだか？」

「うるせえ、今料理できる状態じゃねえ」

「えー」

「なんだよー、トーリはユーフェの事好きなんでしょー」

と食卓の椅子に座ったスバルが足をぱたぱたさせた。

「好き――っだよ⁉　だけどさあ！　あんな風に大勢の前でそういう事言いふらす必要はないでしょうよぉ！」

「もう一回言って」

トーリはハッとして顔を上げた。ユーフェミアが目をきらきらさせながら駆け寄って来た。

「もう一回」

「ユ、ユーフェ、お前ぇ……」

「好きって言ってくれた。嬉《うれ》しい」

ユーフェミアはソファに飛び乗って、トーリにぎゅうと抱き付いた。

こうなってしまうと、もうトーリは強硬に突っぱねる事なぞできない。人の好さで断れないのではなく、ユーフェミアを可愛いと思ってしまうのである。トーリは諦《あきら》めて、ユーフェミアのさらさらした白髪《はくはつ》を撫《な》でた。

「よかったのかよ、お前……あんな風に人前で……」

「うん。これで一緒に堂々とデートできる」

トーリはユーフェミアを見た。考えてみれば、これで〝白の魔女〟とユーフェミアとを無関係と誤魔化す必要はなくなったのだ。トーリと一緒にいても言い訳は必要ないし、〝白の魔女〟との関係をあれこれ質されても孫だからで済んでしまう。

（……ジェフリーの勘違いを上手く利用したな、こいつ）

ユーフェミアは猫の様にごろごろとトーリの胸の中で甘えている。

トーリは嘆息して、ユーフェミアの背中をさすってやった。ユーフェミアは顔を上げて、上目遣いでトーリを見た。

「トーリもお疲れ様。大変だったでしょ」

「ああ、まあ……」

結局持ち出して来た剣は、蟹《かに》の肉を料理するのに使っただけだった。疲労感も凄《すご》いし、冒険者には戻れそうもない。

「俺、やっぱここにいるのが性に合ってるわ」

「本当？」

「ああ、ホント。もう次回はああいうのはごめんだな……いや、みんなが助かってよかったけど……」

と誰に言うでもなく言っていると、不意に頬にふわりとした、柔らかな、しかしちょっとひんやりした感触がして、消えた。

「え……あ……」

トーリは頬に手を当てた。

確かに唇の感触だった。首筋にユーフェミアの髪が触れてくすぐったかったのも、ありありと思い出せる。急に顔がほてって来た。

ユーフェミアは彼女にしては珍しくちょっと照れた様にはにかんだ。

「えへ……ごほうび……」

「ぐっ……」

トーリは混乱する頭を小さく振って、無理やりに落ち着かそうとした。

(こいつ、普段は照れるそぶりは微塵《みじん》もない癖に、唐突にそういう恥じらいを見せやがって……！やばい、これはやばい)

全然混乱が収まらない。ユーフェミアは何だか期待する様な顔をしてトーリの顔を覗《のぞ》き込んだ。

「な、なんだよ……」

「別の所にキスしてもいいよ……？」

と言って目を閉じた。視線が桃色の唇に吸い寄せられる。トーリは口をぱくぱくさせた。

ハッとして周囲を見ると、使い魔たちが遠巻きにこそこそと眺めていた。シノヅキとスバルはにやにやしており、いつの間にか戻って来ていたシシリアは、わくわくした様子で満面の笑みを浮かべている。セニノマは「ひゃー」と言いながら両手で顔を覆っているが、目だけはばっちり指の隙間からこちらを見ている。

「む、む、無理！　さ、流石にまだ無理！　勘弁してくれ！」

一気に気恥ずかしさが頂点を突き抜けたトーリは、ソファから転げ落ちる様に逃げ出した。使い魔たちががっかりした様な声を上げる。

「ああん、もう。トーリちゃんのヘタレー」

「どこ行くんだよー」

「鶏に餌やるんだよぉ！」

トーリは鳥小屋に駆け込んだ。鶏たちが驚いてけっけっと騒ぎ出す。

「悪い悪い……はあ、お前らはこういう悩みなさそうでいいなあ」

そう言いながら餌をばらまいた。餌をついばむ鶏を見ていると、少し心が落ち着いた。トーリはふうと息をついて、鳥小屋の外に出た。

もう日は暮れかけていた。作りかけの納屋が長い影を伸ばしていた。結局行き帰りで丸一日ばかりはあの殻の中を探検していたのである。そう考えると、冒険者たちが力尽きる前に見つけ出せたのは本当にぎりぎりのタイミングだったのだろう。

柵《さく》に手をついてぼんやりと畑を眺めていると、後ろからユーフェミアが抱き付いて来た。

「なんで逃げるの……」

「だって……」

ユーフェミアはすりすりとトーリの背中に頬ずりしてから、トーリの横に並んだ。

「……いつか、してね」

「……お、おう」

トーリは恥ずかしそうに口をつぐんだ。ユーフェミアはふあと欠伸をした。

「お腹空《す》いた。みんなはトーリのご飯食べたのに」

「ああ、そっか……」

ユーフェミアだけは、あの食事の現場にいなかったのだ。セニノマも一日ほったらかされて、腹が減っているだろう。

トーリは深呼吸して、ぐっと体を伸ばした。

「よし、飯作るぞ」

「やった。リゾット食べたい」

「はいはい……誰か風呂焚《ふろた》いて！　俺飯作るから！」

と言いながら家に入る。たちまち家の中が陽気になった。

大冒険の後だけれど、腹はいつでも減る。夕飯を作り、そしてまた明日の食事も作る。家事をして、みんなが健やかに過ごせる様に世話をする。

自分の居場所はここであり、これが自分の仕事だ、とトーリは腕まくりをしながら台所に入った。

EX．白魔女クッキング

太陽が天頂を過ぎる頃から、段々と分厚い雲がかぶさって来たと思ったら、頬を撫でる様に湿った風が吹いて来て、大粒の水滴がぽたぽたと落っこちて来た。たちまちそこいら一面に雨が降り注ぐ。畑にかがんでいたトーリは、慌てて庭へと駆け戻り、干してあった洗濯物を無造作に引《ひ》っ掴《つか》んで家の中に駆け込んだ。

一度に全部の洗濯物は救出できない。何度かの往復の末に取り込んだが、折角干した洗濯物がすっかり濡《ぬ》れてしまった。

「くそー、急にだな……」

トーリは濡れた頭をタオルで拭《ふ》きながらぼやいた。

窓辺で外を眺める。雨は強く屋根を叩《たた》いて、地面を筋になって流れて行く。鶏たちは大慌てで小屋へと駆け込んだが、アヒルたちは嬉しそうにがあがあ言いながらそこいらを歩き回っていた。

しばらく止みそうにない。トーリは諦めて椅子に腰を下ろした。ソファに寝転がっていたユーフェミアが上体を起こし、眠そうに目をこすった。

「雨？」

「そう。まあ、通り雨だと思うんだが……」

ユーフェミアは再びソファにころんと転がった。今日も昼ご飯をたくさん食べたから、動くのが億劫《おっくう》らしい。

魔界産コンゴウヨコバサミの討伐と、それに伴う白金級《プラチナ》クラン行方不明事件から少しばかり経っていた。ちょっとした事件ではあったものの、終わってしまえばトーリやユーフェミアには関係がない。いつも通りの日常が戻って来た。

尤《もっと》も、使い魔たちは魔界に戻っている。魔界と地上を不安定につなげていたゲートは閉じられたが、それで魔界に流入して来た様々なものの後始末をしているらしい。

セニノマも納屋の材料や道具を揃えるという事で、しばらく自分の工房に戻っている。だから昨日あたりからトーリはユーフェミアと二人きりで過ごしていた。

二人きりでも、特別何か変わった事があるわけではない。ユーフェミアは相変わらずだらだらと怠け倒して、時折思い出した様にトーリに甘えたり、何か食べたいと言い出したり、要するにいつもと変わらない。

雨の勢いは弱まった様だが、まだ止みそうな気配ではない。この分では外仕事はきついだろう。

晩春は一雨ごとに夏へ近づく様に思われる。日中は汗ばむくらいの陽気の日もある。野山を彩っていた花は既に深緑に取って代わられ、気づけば木陰も色濃くなり出した。とう立ちした菜の花は青い種をつけ始めており、もう夏野菜の準備を始めなくてはなるまい。

トーリはひとまず濡れた洗濯物を部屋干しにし、それから買《か》い物籠《ものかご》を手に取った。

「ユーフェ」

「んにゃ」

ユーフェミアは薄目を開けてトーリを見た。

「シノさんたち、今日は帰って来るかわかる？」

「帰るのは明日になるって。セニノマも」

「ああ、そう……ちょっと買い物に行って来る」

「ん」

とユーフェミアはソファの上で寝返っただけだった。今日は一緒に行く気分ではないらしい。トーリは肩をすくめ、転移装置を握ってアズラクへと飛んだ。

アズラクは雨ではなかった。しかし雲はかぶさっていて、ともすれば降り出しそうな雨模様だった。道行く人々もどことなく早足の様に見えた。空気がもったりしていて、人が多いせいか町の建物が迫っているせいか、屋敷周辺よりも暑い様に思われた。

夕飯はまたユーフェミアと二人きりだろうから、そう沢山の食材は必要ない。しかし明日になれば大食らいが四人も来るから、またエンゲル係数は上がるだろう。いずれにせよ、あれこれと買い込んでおかねばなるまい。

トーリはあちこちの店を回り、食材を買い込んで、それで帰路に就いた。家に帰る頃にはアズラクにも雨が降り始めていたが、家まで戻るとこちらは止んでいて、雲の切れ間に青空さえ見えた。雨上がりで虫が出て来たせいか、鶏たちが張り切ってそこいらをつつき回っている。

ユーフェミアはまだソファに寝転がっていた。この娘は放っておくといつまでも寝ている。どんな夢を見ているのだか、トーリには見当もつかないが、何となく幸せそうな表情をしているので、起こすのもはばかられる。

食材を片付けてから暖炉の火を起こした。もう暖房としての用はそれほどないにせよ、洗濯物を部屋干しするのには便利である。流石に外に干し直すには、もう随分日が傾いてしまった。

午前中に掃除は済ましているし、さっきの雨でぬかるんでしまったから畑にも出られない。珍しく手持無沙汰《てもちぶさた》になったトーリは、たまにはのんびりしようとお茶を淹れた。

ぼんやりしながら、先日の騒動に思いをはせる。久しぶりにダンジョン探索の様な事をしたが、優秀な使い魔たちのおかげで何の障害もなかった。思い付きの様に食料を多めに持って行ったがそれが功を奏し、予想以上の感謝の念を向けられる羽目になった。そういうのに慣れていないトーリは却って恐縮した様な心持だった。

そのせいか、『蒼の懐剣』は勿論《もちろん》、他の白金級《プラチナ》クランの連中からも妙に懐かれてしまい、帰りの道中は随分賑《にぎ》やかだった。無論、ユーフェミアとの関係を散々に茶化されたり問われたりして冷汗が引かなかったのには参ったが。

ともかく、そういう気の置けないやり取りをした事もあってか、何だか友達が増えた様な具合である。冒険者時代は自らの引け目もあって、白金級《プラチナ》の冒険者とは知り合い程度の付き合いしかなかったが、冒険者を辞めてから懇意な友人となるとは想像もしていなかった。

ユーフェミアが呻《うめ》く様な寝言を言って体を丸めた。それを見ながら、トーリはこの妙な巡り合わせを思った。

それで日が暮れかける頃に鳥たちを小屋に戻し、風呂《ふろ》を焚《た》く支度をして、夕飯に取り掛かった。その頃にはユーフェミアも起き出して台所にひょこっと顔を出し、野菜を刻んでいるトーリに声をかけた。

「ご飯の支度？」

「そうだよ」

トーリは刻んだ野菜を、バターを落とした鍋《なべ》に入れて炒《いた》めた。ここにスープストックを注いで煮込めばもうスープの完成である。

「リゾット？」

「お前、ホントにリゾット好きだな……まあ、作ってもいいけど、飽きないのか？」

「飽きない。トーリのリゾット大好き」

と言いながらふにゃふにゃとトーリに背中から抱き付く。

「こら、包丁使ってんだから抱き付くな」

「んー」

ぐりぐりと背中に頬ずりして来る。まだ少し寝ぼけているらしい。

やれやれと思いつつも、振り払うわけにもいかないので、やりづらいなりに料理を続けた。茹《ゆ》で卵《たまご》と茹で野菜でサラダをこしらえ、バゲットを切って炙《あぶ》れる様に準備しておく。そうしてフライパンにバターを落として米を炒めた。

「ユーフェは昔からリゾットが好きだったのか？」

「ううん、トーリが作ってくれたのが初めて」

それがおいしかったから、とユーフェミアは言った。それは料理を作る側としては随分張り合いのある話である。トーリは嬉《うれ》しい様な照れ臭い様な、曖昧《あいまい》な気持ちで頬を掻《か》いた。

「リゾット以外に好物はないのか？」

「甘いのは好き」

「そりゃおやつだろ。子どもの頃は何が好きだったんだ？」

「よく覚えてない。父様の料理は、母様のせいでお酒のおつまみみたいなのばっかりだったから、わたしはそんなに好きじゃなかった」

まずくはなかったんだけど、とユーフェミアは不満そうに言った。

家事上手の男をとっ捕まえたユーフェミアの母親であるが、どうやら大酒飲みらしく、料理も食事をするというよりは酒の当てばかりだったらしい。作り方次第だろうけども、確かにリゾットは酒の当てにはなりづらそうだな、とトーリは苦笑した。

ともかくそれで夕飯が出来上がり、トーリとユーフェミアは食卓を挟んで向き合った。リゾットにスープ、サラダとパンにピクルスである。

うまそうにリゾットを頬張りながら、ふとユーフェミアは顔を上げた。

「トーリは好きな食べ物あるの？」

「俺？」

トーリは考える様に視線を泳がした。

「好物か……うーん、そう言われると俺も思い当たらねえな」

「自分の好きなお料理、うちで作ったりしてないの？」

「まあ、肉は好きだけど、シノさんみたいに肉がありゃいいわけじゃないしな……一応俺の味覚で味付けしてるから、この味が俺好みって事になるのかな？」

とトーリは匙《さじ》ですくったリゾットを見た。

「おいしいよ、これ」

「ああ、うん……おかわりいるか？」

「うん」

まだ熱いリゾットをよそい、チーズを削りかけてやる。皿を受け取ったユーフェミアは、しばらくそれを見つめていた。リゾットの熱で段々にチーズが溶けて行くのを眺めているらしい。

「どうした？」

「ううん」

そう言ってリゾットに匙を突っ込んだ。

○

「あのね」

「なんじゃい」

と言って向かいに座ったシノヅキがユーフェミアを見た。ユーフェミアは食卓に顎《あご》をつけたまま、黙っている。

「なんじゃ」

「んー……」

ユーフェミアは次の言葉を紡がずに、こてんと頬をテーブルにつけた。

使い魔たちも魔界から戻って来て、また騒がしい日々が戻って来た。セニノマは毎日納屋づくりに精を出しているが、他の使い魔たちはのんびりしたものだ。魔法薬の材料を採りに行く他は、ギルドからの依頼も全く入って来ない。新参も含めてアズラクの冒険者の層は随分厚くなっているらしく、ユーフェミアにまで回って来る依頼がない様だ。

そんな日々の昼下がりである。昼食を終えて、何となくもたっとした空気が屋敷に充満している。いるだけで眠くなりそうだ。トーリは畑に出ており、セニノマは建築工事、シシリアは工房で何かやっている。スバルはソファに寝転がっており、シノヅキはユーフェミアの向かいでお茶を飲んでいた。

そのシノヅキが怪訝《けげん》な顔をしたまま手元のコップを弄《もてあそ》んだ。

「寝ぼけとるんか？　そんな寝方をするとほっぺが赤くなっちまうぞ」

「違うの」

「何がじゃ」

「お料理」

「あん？」

ちっとも要領を得ないので、シノヅキは困惑顔だ。しかしユーフェミアの中では色々と考えている。

「シノは、自分でお料理しようって思わない？」

「思ったぞ。やったら大失敗したがの！」

わはははと笑う。そういえば、スバルと二匹で勝手に肉を焼いて焦がした事があった。

「トーリを見とると簡単そうに見えるが、案外難しいもんじゃのう。そもそも、フェンリル族は料理なぞできる必要はねえからのう」

「そう」

「それがどうかしたんか？」

「んー……トーリにお料理、作ってあげたいなって」

日々の食事は実にうまい。トーリが来てからというもの、ユーフェミアは毎日が幸せである。まだ両親と暮らしていた頃は、食事がいつも出て来る事のありがたみというものはイマイチわからなかったけれど、壊滅的な一人暮らしを経た今では、それがとてもありがたい事なのだとわかる。

いつも自分がそうしてもらっているから、ふとそのお返しをしてあげたいと思った。トーリの作る味付けは好きである。そして、トーリはその味付けが自分の好きな味なのだろうと言っていた。だからあの味付けを真似すれば、つまりトーリの好きな味になるわけだ。

「いつものお返し」

「ははあ、なるほどのう」

「だからシノも手伝って」

「えー、わし食う方が性に合っとるわい。トーリと一緒に作りゃええじゃろが」

「それじゃ意味ない」

「ぬぅ……まあ、別に手伝うにやぶさかでねぇが、わしらだけで大丈夫か？」

「わかんない」

その辺りは実に不明瞭《めいりょう》である。シノヅキ、スバルは言うに及ばず、セニノマも料理はできないという。シシリアは不明だが、何となくできそうな感じはしない。

「でも、やってみたい。それに、前にちょっとトーリと一緒にやったもん」

といっても、アンドレアたちが来た時に少し手伝ったくらいである。それでもユーフェミアは自慢げに胸を張った。シノヅキはやれやれと頭を振った。

「どうなってもわしゃ知らんからな。ともかく、他の連中にも手伝わせるのじゃ。役立たずばかりじゃが、三人寄ればモンジュールの知恵というしな」

モンジュールというのは魔界の伝説的な天才魔法使いの事だが、それはさておき。

シノヅキは立ち上がってソファのスバルを小突いた。スバルはむにゃむにゃ言いながら目を開けた。

「なんだよう」

「おいスバル、おぬしも手伝え。飯をこしらえるのじゃ」

「えー、何の話？」

スバルは目をこすりながら体を起こした。それで話を聞くと、面倒くさそうに口を尖らした。

「なんでそんな事しなきゃいけないんだよう。めんどくさー」

「おいしいの作ってトーリをビックリさせたいの。だから手伝って」

「ボク、料理なんかできないよぉ」

とぶうたれる。シノヅキが馬鹿にした様に鼻を鳴らした。

「まあ、別にハナからおぬしには期待しておらんわ。雑魚鳥は見とれ」

「なんだとー！　一緒にお肉焦がした癖に偉そうな！　シノにできてボクにできないわけないだろ！」

たちまちその気になって腕を振り回した。

そこにシシリアがやって来た。

「はー、一段落っと。あら、何してるのぉ？」

それで一部始終を聞くと、面白そうに笑った。

「あらぁ、いいわねぇ。手作りの料理でトーリちゃんの胃袋を掴《つか》んじゃおうってわけねぇ」

「そう。シシリア、お料理できる？」

「やった事ないけど、多分大丈夫よぉ」

「うーむ、何とも頼りねえのう」

そこにセニノマがやって来た。汗を拭《ふ》き拭き、食卓のコップに手を伸ばして首を傾げる。「勢揃《せいぞろ》いして、何やってるだ？」

「あのね」

話を聞いたセニノマは「ほえー」と言った。

「おめぇらが料理できたとは知らなかっただよ」

「ううん、全然やった事ない」

「はぇ？」

「まあ、何とかなるじゃろ。おぬしも手伝え」

「おっ、おらは料理できねえだよ！」

「へーきへーき、料理も工作も大して変わらないって」

「そ、そうだべか……？　んだども、おら……」

「つべこべ言うんじゃないわい。キュクロプス族の創造性を活かさんでどうする！」

「く、くぬぬ、そう言われたんじゃ引くに引けねえだよ。やってやるだぁ！」

とセニノマまで丸め込まれた。

そこにトーリが戻って来た。畑で採った野菜と卵を籠《かご》に満載している。ユーフェミアたちが顔を突き合わしているのを見て、怪訝そうに顔をしかめた。

「何やってんだ、お前ら」

「あのね」

「うん」

「お料理する」

「うん……うん？」

「トーリにご馳走《ちそう》してあげる」

「お、おう……？」

イマイチ要領が掴めなかったが、どうやらユーフェミアたちがトーリの代わりに食事をこしらえるつもりだとわかった。トーリは居並ぶ魔界の住人たちを一瞥《いちべつ》した。妙にやる気に満ちているのが、却って不安を誘った。

「い、いや、ちょっと待て。大丈夫なのか？　シノさんぶきっちょだし、スバルも同じだし、シシリアさんはよくわからんし、セニノマさんは料理できないって……」

「わたしが頑張る。この前トーリに教わったし」

「この前……いや、アンドレアたちが来た時の事か？　教えたも何も、その時以来一回も……」

「……嫌？」

とユーフェミアはちょっと悲しそうにトーリを上目遣いに見た。

「いつも作ってもらってばっかりだから……お返ししたいなって思ったの」

「う……」

トーリはしどろもどろになりながら視線を泳がした。

「ま、まあ、興味を持つのはいい事だし……一食くらいなら、まあ、やってみても、いいぞ」

「本当？　頑張るね」

ユーフェミアはパッと表情を輝かし、胸の前で拳《こぶし》を握ってふんすと鼻を鳴らした。

シシリアがにやにやしながら呟《つぶや》いた。

「トーリちゃんって意外にチョロいわよね」

○

市場は賑《にぎ》やかだった。人々が行き交い、様々な商品が露店の軒先を賑わしている。食材も様々なものが並び、出始めの夏野菜は目にも彩りよく映る。

買《か》い物籠《ものかご》を抱えたユーフェミアは使い魔たちを従え、色とりどりの食材に目移りしながら市場をぶらついた。美女揃《ぞろ》いの一行に衆目が集まるが、ユーフェミアたちはちっとも気にした様子がない。

今日は早めの昼食を終えてからアズラクに出て来た。食材を買い込んでトーリの為に夕飯をこしらえる予定である。

セニノマがきょどきょどしながら言った。

「ひっ、ひっ、人がいっぱいだぁ……おら、こういうトコ苦手だぁよ。家で待ってりゃよかっただ……」

「今更ぐちぐち言うでないわ。それでユーフェ、何を買うんじゃ？」

「んー……おいしいもの」

「あの串焼《くしや》きおいしそう！」

とスバルが露店を指さして言った。シシリアが呆《あき》れた様に額に手をやった。

「買い食いしに来たわけじゃないでしょうに。ユーフェちゃん、メニューはどうするつもりなのぉ？」

「トーリが、パンケーキが食べたいって言ってたから、パンケーキ」

料理下手は、最初から難しいものに挑戦しようとして大失敗するものだ。それを見越していたトーリは、あえてパンケーキをリクエストした。トーリが驚くものを作りたいと思っていたユーフェミアは不満だったが、向こうがそう言うならばパンケーキにしようと決めた。

スバルが頭の後ろで手を組んだ。

「パンケーキなんか簡単じゃん。混ぜて焼くだけでしょ？」

「うん。でもトーリが食べたいって言うから」

「そういえば、そもそもパンケーキの材料って何なのぉ？」

とシシリアが言った。

「えーと……なんか……粉？」

「卵！　あとなんか水！」

「ありゃ水かのう？　それとも乳かのう？」

「お砂糖も入ってるだ。生地はとろっとしとるから、セメントでも混ぜるだか？」

「セメントは食えるのか？」

「食えねえだ……」

「食えるものを言わんかい、ド阿呆《あほう》」

「曖昧《あいまい》ねぇ……それぞれの量とかわかってないでしょ？」

「うん。シシリアわかる？」

「わかんないわぁ。レシピって家にあったかしらぁ？」

「お料理の本はなかった気がするけど……トーリに聞けばよかった」

全員、トーリが材料を混ぜ合わせて焼いているところは目撃していても、何をどれくらい混ぜて、どういう手順を踏んで焼いているかという段になると、これがひどく曖昧である。三人どころか五人寄ってもモンジュールどころの話ではない。

イメージだけでは具体的なものを作り出すのは難しい。何をどれくらい買えばいいのか、五人で首をひねっていると、向こうから見知った顔が歩いて来るのが見えた。

「あれー、皆揃《そろ》ってどうしたの？」

スザンナである。加えて『破邪の光竜団』団長のロビン、『憂愁の編み手』の団長ローザヒル、『蒼の懐剣』の魔法使いロッテンが一緒だった。

「おう、おぬしらか。そっちこそ何をやっとるんじゃ？」

「まだみんな休養中ですし、女子会でもしようかって集まっただけけっす」

とロビンが言った。スザンナが「あ、そうだそうだ」と言ってロビンたちの方を見た。

「シノさんとスバルちゃんと、あとシシリアさんは知ってるよね？　この子がユーフェミアで、ほら、〝白の魔女〟さんのお孫さんの」

「あっ……トーリさんの婚約者だという？」

とローザヒルが言った。シノヅキの後ろに隠れる様にしていたユーフェミアは、顔だけ出して大きく頷《うなず》いた。ロッテンが「はぇー」と言った。

「ホントにめっちゃ可愛いじゃん。ジェフリーが誇張して言ってるだけだと思ってたのに……遺伝子の神秘だなあ」

「そっちの人は、お友達？」

とスザンナが覗《のぞ》き込む様にすると、セニノマは「ひえっ」と言って、ユーフェミアの様にシノヅキの後ろに隠れた。

「こいつはキュクロプス族のセニノマじゃ。ユーフェの使い魔で、まあ魔界の大工みたいなもんじゃ」

「へぇー、お孫さん、魔界の住人使役できるくらい実力あるんすね。流石は〝白の魔女〟さんの孫っす」

「ま、孫ってどういう事だべか？　ユーフェは……」

と言いかけたセニノマの頭にシノヅキの拳骨《げんこつ》が落っこちた。セニノマは頭を押さえて悶絶《もんぜつ》した。

「まあ、わしらは買い物じゃ。トーリに飯をこしらえてやろうと思うてな」

「あれ？　トーリさんが食事担当じゃないんすか？」

とロビンが首を傾げる。

「ユーフェが、いつものお返ししたいんだってさ」

とスバルが言った。ローザヒルが「まあ」と言った。

「お互いを思いやっていらっしゃるのですね。流石は婚約者」

「うん」

とユーフェミアは頷く。スザンナはふむふむと腕組みした。

「何を作るの？」

「パンケーキ。リクエストがあったから」

「へえ……」

「おぬしらは料理はするのか？」

とシノヅキが言った。スザンナたちは顔を見合わした。

「わたしはまあ、それなりに。シリルにご飯作ってあげたりもするし……ロッテンは？」

「自炊レベルだよ。人に振舞える様なもんじゃないなあ」

「わたしは……まあ、普通に」

と言ったローザヒルを、ロビンが怪訝《けげん》な目で見た。

「意外っすね。あんた、いいトコの出みたいだから料理なんか縁がなさそうっすけど」

「……冒険者ですもの。最低限料理くらいはできて当たり前でしょう？」

「あたしはしないっす。稼いで買う方が早いし楽っす」

「ロビンちゃんは一番考え方が白金級《プラチナ》っぽいよね」

とスザンナが笑った。

ユーフェミアがもじもじしながら言った。

「みんな、パンケーキのレシピ、知ってる?」

「知ってるよ? なんで?」

「わたしたち誰もわからないのよぉ」

とシシリアが言った。ロビンが呆れた様に肩をすくめた。

「あたしよりひでえじゃないっすか」

「なんだよー、アンタだって料理しないって言ってたじゃん」

とスバルが食ってかかった。ロビンはふんと鼻を鳴らす。

「あたしは面倒だからしないだけで、できないとは言ってないっす。流石にパンケーキのレシピくらい知ってるっすよ」

「教えてくれる?」

とユーフェミアが言うと、四人は頷いた。それで手帳を取り出して、材料と分量、手順を書き出す。小麦粉、卵、牛乳か水、砂糖に塩を混ぜ合わせて、バターか油を落としたフライパンで焼く。分量に多少の違いはあるものの、実にシンプルだ。あれば重曹を少し混ぜると、よりふわっと仕上がるらしい。

「ほーん、これなら大して難しくもなさそうじゃの」

「そうねぇ。材料も複雑じゃないし」

「これをいっぱい焼くの? 飽きそうじゃん」

とスバルがつまらなさそうに言った。確かにパンケーキばかり大量に焼いても胸焼けするばかりであろう。トーリは本当にこれがいいのだろうか、と眉《まゆ》をひそめているユーフェミア一行を見て、ローザヒルがくすくす笑った。

「トッピングを工夫すればいいんですよ。甘いものでもいいですし、おかずを添えればちゃんとした食事になりますよ」

言われてみれば、屋敷で朝食にパンケーキが出る時は、焼いた燻製《くんせい》肉と卵だの、ドレッシングのかかった温野菜だのが添えられていた。あれと一緒に食べると、確かにパンケーキも飽きずに食べられるだろう。

「そういえば、この前ガスパチョさんに聞いたっすけど、マウカイラのパンケーキはソバ粉を混ぜるらしいっすよ。それを薄めに焼いて、目玉焼きとか載っけて」

とロビンが思い出した様に言った。ユーフェミアはふむふむと頷く。

「ベーコンエッグとパンケーキ、おいしかった」

「あー、あったのう。わし、もっと肉がたっぷり入ってるのがええのう」

「魚は添えたりしないのかな？　ボク、魚食べたいなー」

「わたしは甘いのがいいわねえ。クリームとかジャムであまーくして」

「おらは……おらは何でもおいしくいただけるだよ」

「なんじゃい、キュクロプスの癖して何のアイデアもないのか？」

「だ、だって、おら、家じゃビスケットとお茶ばっかりだっただよ。料理の組み合わせなんて想像もつかねえだ」

「ぷぷー。やくたたずー」

とスバルがにやにやしながらセニノマを小突いた。

スザンナがぽんと手を打った。

「じゃあ一緒に買い物しようよ。ロビンちゃんもローザヒルさんも、出身地のトッピングとかアドバイスできるんじゃない？」

「ええ、勿論《もちろん》。ウーシモリアの朝食はパンケーキも多いですし、力になれますよ」

「あたしは詳しくないっすけど、まあ、口出しくらいはできるっす」

「ありがと」

とユーフェミアは照れ臭そうに言った。何だか友達が増えた様な気分で、ちょっと嬉《うれ》しかった。

○

一方その頃、トーリは屋敷の台所を片付けて、調理器具などをわかりやすい様に並べていた。普段はトーリが使うばかりの台所だから自分がわかる様になっていればいいのだが、今回はユーフェミアたちが使う。あれがないとかこれがないとか、ごそごそと引《ひ》っ掻《か》き回されるよりは、最初から準備しておいてやった方がいいだろうという気遣いである。

「……こんなもんかな」

機会がなければ整理されない調味料の棚や、調理器具の一団など、折よく整頓《せいとん》できた様なものである。思わぬ利点だったな、と片付いた台所を見ながら、トーリは腰に手を当てた。

「あいつら本当に大丈夫かな……まあ、いいか」

少なくとも、パンケーキならばそうひどい事にはなるまい。焼き加減が最初は難しいかも知れないが、何度かやれば慣れるだろう。ユーフェミアは面倒くさがりだが、少なくとも不器用者ではない筈《はず》だ。もし不器用ならば魔法薬の調合だってできないだろう。

ともかく、お膳立《ぜんだ》てはしてやって、後はひとまず任せてみようと思っている。何だかんだいって、トーリもユーフェミアの素直な気持ちは嬉しいのである。それを無下にしようなどとは思いもよらない。

「しかし遅いな」

昼には出て行ったのに、もう日が傾いている。

パンケーキの材料如きにどれだけかかってるんだ？　と思いつつ、洗濯物を畳み、風呂《ふろ》に水を溜《た》めて炉に薪を突っ込んだ。

そんな事をやっていると、果たしてユーフェミアたちが帰って来た。何だか食材を大量に抱えている。小麦粉や卵だけではない。ジャムやクリーム、果物などはまだわかるけれど、どうしてか野菜だの肉だの魚介類だのもある。

「ただいま」

「お、おう、お帰り……え、なんだその量は？」

「あのね、スザンナたちに会ったの」

ユーフェミアはアズラクでの一部始終を話して聞かせた。パンケーキの材料や作り方だけではなく、アレンジレシピやトッピングも教えてもらったらしい。

(最初からアレンジしたがるのは死亡フラグなんだが……)

気楽に構えていたのが急に緊張感を帯び始めたぞ、とトーリは頬をひくつかした。

「だ、大丈夫か？　何なら俺も手伝って……」

「いいの。今日はトーリは待ってて」

とユーフェミアはふんすと胸を張った。使い魔どもも何故だか妙に自信満々である。その様子が却って不安を誘ったが、トーリは諦《あきら》めてソファに腰を下ろした。

台所に五人詰まると流石に狭いから、食卓を調理台にして生地を作り、それから台所のキッチンストーブで火を使う事にしたらしい。食卓の上に種々の食材が並ぶ。あれもこれもと買い込んだから、材料だけで随分な量である。

ユーフェミアはフリルのついた可愛らしいエプロンをつけて、腰に手を当てた。

「とりあえず生地を混ぜて、寝かせてる間にトッピングを作ってみる」

「じゃあ計量からねえ。うふふ、お薬作るのとあんまり変わらないじゃない」

「小麦粉を計って……」

「ふるいにかけろよ？　台所の棚の下にあるから」

と思わずトーリが声をかけると、ユーフェミアは頬を膨らました。

「いいから、待ってて。のんびりしてて」

「む、むう……」

トーリは口をもごもごさせたまま、またソファにもたれかかった。

ともかく、ユーフェミアたちは張り切って料理に取り掛かったのだが、

「ぶえっくしょーいっ！」

「うわっ」

粉を計量する時にセニノマが盛大にくしゃみをしたせいで周囲が真っ白になった。食卓じゅうに粉が飛び散り、特に向かいにいたせいでモロに粉をかぶったシシリアの顔が白く染まった。ににこにこしているが目が笑っていない。

「……セニノマぁ？」

「ごっ、ごめんだよ！　わざとじゃねぇんだぁよ！　勘弁してけろーっ！」

「ぶははははっ！　シシリア、えれぇ濃い白粉じゃのう！」

「うえー、粉っぽいー」

とスバルが髪の毛についた粉を手の平ではたく。セニノマはシシリアの召喚したアンデッドに小突き回されてぎゃおぎゃお喚きながら転げ回っている。

「さて、ここに卵じゃったかの。よっと」

とシノヅキが割った卵には殻が大量に紛れ込んだ。

「うーむ、やっぱりこのおててには慣れんのう」

とシノヅキは手をひらひらさせた。細かな作業は未だに苦手な様である。割るというよりは握り潰す様な手つきであった。

（何でよりによってシノさんに卵割らすかなあ？）

とトーリは額に手をやった。

それでも、各材料の量などは正確に計って混ぜたらしく、出来上がった生地はそれなりによさそうな見た目であった。普段魔法薬などを作っているから、計量などは丁寧にやる癖がついているのだろう。卵の殻だけが気がかりだけれども、少なくとも食べられないものではなさそうだ。

それで生地を休ませている間に、トッピングを作るらしい。

「卵を焼いて、あとベーコンも焼いて。それからお芋を茹《ゆ》でる」

「ソースがなんちゃらと、あのふわふわ女が言うとったな」

「ローザヒルちゃんね。ちゃあんとメモしてあるわよぉ」

とシシリアが手帳を取り出す。聞いて来たトッピングやアレンジのレシピが書いてある様だ。

「えーと、オランデーズソース。バターに卵黄に、レモンとマスタード」

「腸詰も焼くのじゃ」

「この魚も使う！」

とスバルが瓶詰めを差し出す。小魚の塩漬けらしい。ユーフェミアはシシリアの手帳を覗《のぞ》き込む。

「塩漬けの小魚は細かく刻んで、玉ねぎと香草と合わせてレモン絞って……」

（やばい、パンケーキの範疇《はんちゅう》を逸脱して来たぞ）

ソースだの付け合わせだのになって来ると、最早普通の料理である。トーリははらはらした心持でちっとものんびりできない。座っているのも落ち着かず、そわそわとソファ周辺で立ったり座ったりしている。

さて、そうやっててんやわんやと食材が刻まれたり混ぜ合わされたりしながら、いよいよ舞台が台所に移る形勢である。

「スバル、火」

「はいよー」

キッチンストーブにぎゅうぎゅうに詰め込まれた薪に、スバルがふうと火の息を吹きかけると、たちまち燃え上がった。台所を覗き込んでいたトーリは思わず叫んだ。

「火力が強すぎる！」

「大丈夫」

とユーフェミアは火の上にフライパンを載せた。そうしてバターを落とすけれど、火力が強いせいであっという間に焦げて茶色くなった。ユーフェミアは首を傾げる。

「おかしい」

「おかしくない！　もうちょっと火を弱めろ！」

「トーリは待ってて」

割り込もうとするトーリを、ユーフェミアは断々乎として居間に押し戻した。トーリはじれったい気分で再びソファに腰を下ろす。

所在なく視線を泳がすと、小突き回されたセニノマが息も絶え絶えになって床に転がっていた。既に戦力外と化して久しい。というよりも最初から何の役にも立っていない。

「セニノマさん、大丈夫？」

「は、はひぃ……」

駄目そうである。

狭い台所にユーフェミアと使い魔とで四人も詰まっている。焼いているユーフェミアの後ろから、使い魔たちがあれこれと口出しして騒いでいるらしい。

（焼く前にソース仕上げたり芋茹でたりするんじゃねえのか……？）

付け合わせの仕上げが終わっていない。これでは冷めたパンケーキに添え物をする羽目になる。料理に慣れていればそういった段取りもできるけれど、普段やらない場合はそういった順序が滅茶苦茶になってしまう。

やきもきしながらも、張り切っているユーフェミアの気分に水を差すのも悪い様な気がした。何せ別にトーリに嫌がらせをしたいのではなく、純粋な好意からの行動だから余計に叱責できない。

トーリは何とも片付かない気分のままソファで膝《ひざ》を抱えていた。

○

台所は窯の熱気で満ちていた。普段は居心地のいい居間にいるから、こういう風にいるだけで汗ばむのは珍しい気分である。

「丸くするの難しい」

生地をフライパンに落として焼くのだが、綺麗《きれい》な丸型にならない。レードルを動かさずに、真上から落とす様にすれば丸くなるのだが、ユーフェミアはそんな事は知らない。丸くしようとレードルを動かして、却っていびつな形にしてしまう。

「ユーフェちゃん、お姉さんにもやらして」

「ん」

シシリアに交代する。まるで魔法薬の調合の様な慎重な手つきで生地を落とすけれど、結果はユーフェミアとそう変わらなかった。

「難しいわね、これ」

「うん」

そんなこんなでたっぷりのパンケーキが焼き上がった。

ユーフェミアは額に浮いた汗を手の甲で拭《ぬぐ》い、フライパンをどけて、代わりに水を張った鍋《なべ》を載せた。

「お芋茹でる」

「そうね。それ、先にやっておかないと駄目だったわねぇ。あとは……そうそう、小鍋でバターを溶かして、それから一度火から降ろして粗熱取って、他の材料混ぜてから弱火でじっくり火を入れる、と」

「アストラーゼ・ポーションの作り方と似てるね」

「そうねぇ。材料は違うけど、手順は確かにそっくりだわぁ」

そう考えると、料理というのもそう難しいものではなさそうだ、とユーフェミアは思った。しかし薬効を考えればいい薬と違って、料理は味付けが重要である。その辺りの感覚はちっとも身についていないし、パンケーキの様に丸く焼かねばならない魔法薬は存在しない。

そうやってユーフェミアとシシリアがキッチンストーブに向かっている一方、居間の食卓ではシノヅキとスバルがトッピングづくりに悪戦苦闘していた。慣れぬ包丁で玉ねぎをみじん切りにしているのだが、切り方が下手くそなのでどちらもぐずぐずと涙ぐんで鼻をすすっている。

「うう……ぐすっ……おめめが痛いのじゃ……」

「ふぐうぅ……ボクもうやだよう。ふえぇーん……」

この二匹の泣き顔なぞ見た事がない。トーリは何だか面白いものを見た様な気分で、二人の様子を眺めていた。それにしても、どうして不器用な連中にこういうのを任せてしまうのだろう、と思った。指を怪我していない分、まだいいのかも知れないが。

シノヅキが目元の涙を指先で拭い、悲鳴を上げた。

「ぐおおっ、玉ねぎの汁が！」

「ぐすっ……ばぁか……ずびびー」

スバルもいつもの勢いがない。シノヅキは乱切り状態の玉ねぎをボウルに入れた。

「こりゃセニノマ！　いつまで寝とるんじゃ、こっちを手伝わんかい！　ぐすっ……」

床に転がっていたセニノマは大慌てで飛び起きた。

「めっ、面目ねえだぁよ……」

「はよせい、交代じゃ！」

しかして、幻獣連中と違ってセニノマの手は元々五本指の人間の手と同じである。器用に包丁を握り、事もなげに玉ねぎを刻む。包丁自体はトーリがよく研いでいるから切れ味はいい。力任せに押し切る様なやり方をしなければ、あまり汁も飛び散らない。味付けのセンスがないだけで、こういった作業は器用にこなす様である。

「こ、これでええだか？」

「よかろう」

「ぶー、セニノマだけ泣かないでずるいなー」

とスバルは不満そうである。

そこに焼き上がったパンケーキが運ばれて来た。焼いた後に芋を茹でたりソースを作ったりしていた様だから、もうすっかり冷めている。

「できた」

「あら、こっちのトッピングはまだなのぉ？」

「もう終わるところじゃ。ここに魚を入れるんじゃったか？」

「そう。あと刻んだ香草《ハーブ》とレモン。その後で茹でたお芋と和える」

「シノ、あなた力あるからクリーム泡立ててくれるぅ？」

「なんじゃい、めんどくせえのう」

シノヅキはぶつぶつ言いながら、ボウルに入ったクリームを乱暴に掻《か》き回《まわ》し始めた。

外が薄暗くなる頃には食事ができた。形の悪い冷めたパンケーキが山盛りに、クリームとジャム、芋を塩漬けの魚で和えたものと、焼いた卵、燻製《くんせい》肉、腸詰、炒《いた》めた茸《きのこ》、オランデーズソースをはじめとした三種類ばかりのソースなど、様々だ。

「できた。トーリ」

「お、おう」

招かれて食卓につく。品数は多いけれど、何だかごちゃっとしている。

「食べて食べて」

「い、いただきます……」

トーリはパンケーキを小皿に取った。形が悪く、所々焦げている。

とりあえずシンプルに、とトーリはシロップを回しかけ、意を決してひと口ぱくりと頬張った。

「どう？」

ユーフェミアが期待に満ちた目で見つめて来る。トーリはしばらく黙ったまままもぐもぐやっていたが、やがてべと舌を出して、指先で何かつまんだ。

「……卵の殻が」

「あ……ごめん」

「い、いや、味は悪くないぞ。ちゃんとパンケーキになってる」

しょんぼりするユーフェミアを見て、トーリは慌てて言った。それで幾分か気を取り直したらしく、ユーフェミアは塩漬けの魚と和えた芋を差し出した。

「これ、添えて食べるとおいしいって」

「そうか……」

見た目は悪くない。香草の緑色がいいアクセントである。どれどれと頬張って、トーリは顔をしかめた。

「これは……」

「どう？」

「……ちょ、ちょっとしょっぱい、かな？」

塩漬けの量が多いのだろう。さらにレモンの量も多い様で、無暗にしょっぱい上にやたら酸っぱいという何だかよくわからない味付けになっている。きょとんとしていたユーフェミアも、自分の皿に取って食べてみた。

「……ホントだ」

「スバル、魚好きだからって入れすぎよ、これ」

とシシリアも眉《まゆ》をひそめている。

「だってこんな味だって思わなかったんだもん！」

「味見しろよ……」

トーリは呆《あき》れながら、今度はオランデーズソースを舐《な》めてみた。これは不思議と悪い味はしない。

酸味と辛みに卵黄とバターの濃厚さが混じって、中々うまい。

「このソースはうまいぞ」

「ホント?」

落ち込みかけていたユーフェミアも、これにはパッと顔を輝かした。どうやら、薬の調合の様な手順を踏むものは比較的上手にできる様である。

全体的にちぐはぐな出来になったが、食えない代物が出来上がったわけではなさそうである。トーリはホッとしつつも、手放しにうまいとは言えないパンケーキとトッピングをもそもそと頬張った。

しかし使い魔たちは不満そうである。トーリの食事に慣れてしまっているせいか、今回の食事はあまり嬉《うれ》しいものではない様だ。

それでも何とか食べきり、片付けの段になった。

「トーリの飯のよさを再確認したわい」

「ねー。あーあ、お腹いっぱいなのに物足りないよう」

「お料理って難しいわねえ。何だかお姉さん、自信なくしちゃったわぁ」

「おらもやっぱり料理は得意でねぇだ……」

銘々にぶうたれている使い魔たちを横目に、ユーフェミアは何となく消沈した様子で食器を重ね、台所の流しに持って行った。既にトーリがいて、使いっぱなしだった調理器具などを洗っている。

「トーリ」

「ん？　ああ、食器な。そこに置いといて」

「……ごめんね」

　ユーフェミアはしょんぼりと俯《うつむ》いた。そんなつもりはないのに、何だか涙がにじんで来る様な心持だった。トーリは驚いて手を拭《ふ》き、ユーフェミアの背中をさすってやる。

「おいおい、泣くなよ。別に怒ってないぞ、俺は」

「でも……迷惑だったよね？」

　トーリは苦笑しながら、ユーフェミアの頭をぽんぽんと叩《たた》いた。

「初めから何でも上手くできれば世話ないっつーの。別に迷惑かけたくてやった事じゃないだろ？」

「うん……喜んで欲しかったから」

「その気持ちで十分だよ」

　というか大体シノさんたちのせいの様な気もするしな、とトーリは笑った。ユーフェミアもおずおずと微笑む。

「というか、意地張って自分たちだけでやろうとしないでいいんだよ。今度教えてやるから、一緒に作るか？」

「本当？　いいの？」

「そりゃいいよ。さーて、まずは食器洗いだな。早速やってみ」

「お皿洗うの？」

「そうだよ。片付けまでやってこその料理だ」

「みゅう……」

ユーフェミアは何となく片付かない顔をしながらも、素直に流しの前に立った。ヘチマのスポンジを手に取って、わしわしと皿を洗う。

「そうそう。落とさない様にな」

「うん。やっぱりお料理って大変。トーリ凄《すご》い」

「別に大した事じゃねえよ……」

やり始めると、ユーフェミアも一生懸命だ。普段は怠け者だけれど、今回はトーリに対して負い目を感じているらしいのもあって、手を抜く気配はない。

普段自分がやっている家事をユーフェミアがやっているのは、何だか非常に新鮮である。一生懸命な姿はとても可愛らしい。食器を扱う手つきがちょっとおっかなびっくりという風なのも庇護《ひご》欲をそそられる様だ。

そんな風にトーリが思わず見とれていると、不意にユーフェミアと目が合った。

「どうしたの？」

「いや、別に……普段からこれくらい手伝ってくれりゃ助かるんだがなぁと思って」

「今日は特別なの」

とユーフェミアは最後の食器を水ですすいだ。そうして濡《ぬ》れた手のままやにわにトーリに抱き付いた。

「うわっと」

「いつもありがと。大好き」

そう言ってぐりぐりと胸に頬ずりして来る。

ずるいなあ、こいつは。トーリは苦笑しながらユーフェミアを撫《な》でてやった。今日は特別。確かにそうなのだろう。明日からはまたいつもの日常がやって来る。

ユーフェミアたちが買って来た食材は随分余っている。あれらを使って明日から何を作ろうか、とトーリは献立に思いを巡らせつつ、ユーフェミアの背中をさすった。もう外はすっかり暗くなっており、虫や蛙の鳴き声が聞こえて来た。

あとがき

完成した蛇の絵に足を描き足す事を蛇足という。転じて余計なものという意になった。後書きなんてものを書くと、書かなくていい事まで書いて自分の首を絞める。

それはともかく二巻の刊行と相成った。一巻でそれなりにきっちりまとまっていた様な物語の続きを書くというのは不思議な心持がする。

とはいえ、二巻になったところでトーリは相変わらず飯をこしらえて掃除をしているばかりで、ユーフェミアはごろごろしている。二人のやっている事は大して変わらないのだが、周りで色々な事が起こって、そうしてなんやかんやあって日常に戻って行くだけである。

そもそもタイトルからして、最強の魔女はのんびり暮らしたいのであるから、大したドラマなぞ起こる筈《はず》もない。

尤《もっと》も、最強の魔女がのんびり暮らす為に、日々の家事をこなしている男の方には何かしらのドラマはあるかも知れないが、主夫が剣を握る事は期待されていないだろう。

だから素晴らしいストーリーだとか、あっと驚くどんでん返しだとか、そういったものをこの小説に求めるのは間違った読み方である。キャラクターがぽてぽて動き回っている様を眺めたり、ふとしたしぐさや間の抜けたやり取りににまにましてもらったり、自分もその場にいる様な気分になったりして楽しむのがよいと思われる。要するに日常の延長線上のつもりで物語世界に遊んでいただければよろしい。

別段通しで読んでもらう必要もなく、気に入ったシーンなどがあれば、ふと思い出した時にそこだけぱらりと眺めてもらうだけでもよい。むしろ、そういったシーンがこの本に一か所でもあれば、作者としては成功だと言える。

無論、ｓｙｏｗさんのイラストを楽しんでいただくのも正しい読み方である。挿絵や口絵をラフでいただくのだが、いつも私の知っているラフではない状態でやって来る。その上で更に技巧を駆使して仕上げるのであるから、イラストの完成度たるや文章の比ではない。門司柿家《もじかきや》はおまけである。尤も、小説なんてものは作者が世に出した時点で作者だけのものではなくなる。読者がどう読もうが読者の勝手で、作者の知った事ではない。身も蓋《ふた》もない事を言えば、好きな様に読んでくだされればそれでよいのである。

いずれにせよ、作品は受け手に届く事によって成立する。合縁奇縁でこの本を手に取っていただいた皆様、どうもありがとうございます。少しでも楽しんでいただけたのならば幸甚の至り。

作者の中ではトーリとユーフェミアの物語はもう少しだけ続く想定であるが、果たしてそこまで本として届けられるかはわからない。もし続刊を見かける事があれば、再び手に取っていただければ幸いである。

二〇二三年六月吉日　門司柿家

お便りはこちらまで

〒102－8177
カドカワBOOKS編集部　気付
門司柿家（様）宛
syow（様）宛

カドカワBOOKS

白魔女《しろまじょ》さんとの辺境《へんきょう》ぐらし 2
〜最強《さいきょう》の魔女《まじょ》はのんびり暮《く》らしたい〜

2023年 8 月10日　初版発行

著者／門司柿家《もじかきや》

発行者／山下直久

発行／株式会社KADOKAWA

〒102-8177
東京都千代田区富士見2-13-3
電話／0570-002-301（ナビダイヤル）

編集／カドカワBOOKS編集部

印刷所／大日本印刷

製本所／大日本印刷

●お問い合わせ
https://www.kadokawa.co.jp/（「お問い合わせ」へお進みください）
※内容によっては、お答えできない場合があります。
※サポートは日本国内のみとさせていただきます。
※Japanese text only

Printed in Japan
ISBN 978-4-04-075095-8 C0093

新文芸宣言

かつて「知」と「美」は特権階級の所有物でした。

15世紀、グーテンベルクが発明した活版印刷技術は、特権階級から「知」と「美」を解放し、ルネサンスや宗教改革を導きました。市民革命や産業革命も、大衆に「知」と「美」が広まらなければ起こりえませんでした。人間は、本を読むことにより、自由と平等を獲得していったのです。

21世紀、インターネット技術により、第二の「知」と「美」の解放が起こりました。一部の選ばれた才能を持つ者だけが文章や絵、映像を発表できる時代は終わり、誰もがネット上で自己表現を出来る時代がやってきました。

UGC（ユーザージェネレイテッドコンテンツ）の波は、今世界を席巻しています。UGCから生まれた小説は、一般大衆からの批評を取り込みながら内容を充実させて行きます。受け手と送り手の情報の交換によって、UGCは量的な評価を獲得し、爆発的にその数を増やしているのです。

こうしたUGCから生まれた小説群を、私たちは「新文芸」と名付けました。

新文芸は、インターネットによる新しい「知」と「美」の形です。

2015年10月10日

井上伸一郎

奇跡に詠唱は要らない――
気弱で臆病だけど最強な
魔女の物語、書籍で新生！

鍛冶屋ではじめる異世界スローライフ
シリーズ好評発売中!!
第４回カクヨムWeb小説コンテスト
異世界ファンタジー部門〈大賞〉

COMIC
WALKERほかにて
コミカライズ
好評連載中!
漫画・
濱田みふみ

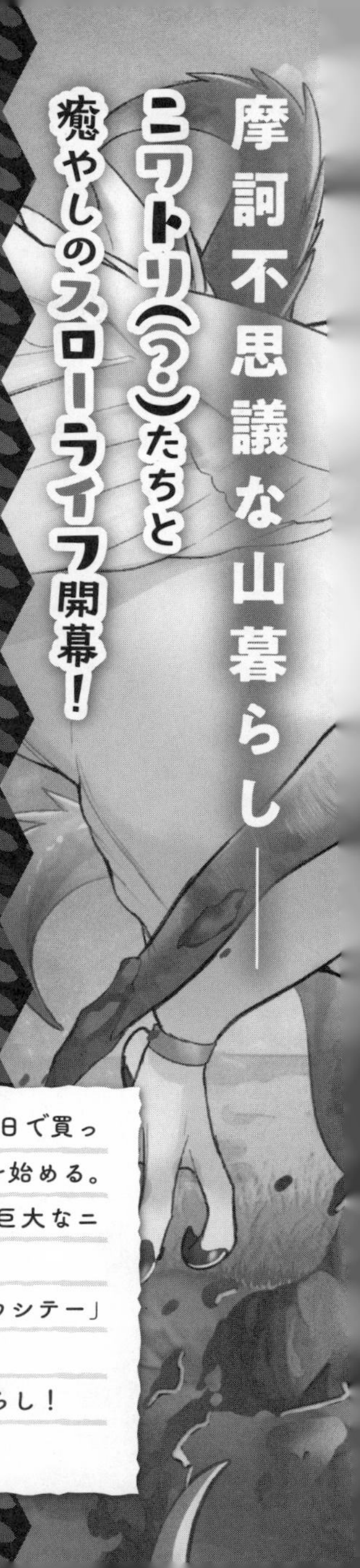

摩訶不思議な山暮らし――
ニワトリ（？）たちと
癒やしのスローライフ開幕！

前略、山暮らしを始めました。

浅葱
illust. しの

ひょんなことがきっかけで山を買った佐野は、縁日で買った３羽のヒヨコと一緒に悠々自適な田舎暮らしを始める。気づけばヒヨコは恐竜みたいな尻尾を生やした巨大なニワトリ（？）に成長し、言葉まで喋り始めて……。

「どうして――！?」「ドウシテー」「ドウシテー」「ドウシテー」

「お前らが言うなー！」

癒やし満点なニワトリたちとの摩訶不思議な山暮らし！

カドカワBOOKS